KB017479

두 개인주의자의
결혼생활

**두 개인주의자의
결혼생활**

2021년 05월 04일 초판 01쇄 인쇄
2021년 05월 13일 초판 01쇄 발행

글 이정섭

발행인 이규상 편집인 임현숙 책임편집 황유라
편집1팀 이소영 이은영 황유라 교정교열 신진
마케팅실장 강현덕 마케팅1팀 전연교 윤지원 김지윤
디자인팀 김지혜 손성규 손지원 영업지원 이순복 경영지원 김하나

펴낸곳 (주)백도씨
출판등록 제2012-000170호(2007년 6월 22일)
주소 03044 서울시 종로구 효자로7길 23, 3층(통의동 7-33)
전화 02 3443 0311(편집) 02 3012 0117(마케팅) 팩스 02 3012 3010
이메일 book@100doci.com(편집·원고 투고) valva@100doci.com(유통·사업 제휴)
블로그 blog.naver.com/h_bird 인스타그램 @100doci

ISBN 978-89-6833-311-8 03810
© 이정섭, 2021, Printed in Korea

두 개인주의자의
결혼생활

자기 존재를 잃지 않는
결혼생활을 위해
따로 또 함께
살아가는 법

이정섭 지음

허밍버드
Hummingbird

각자의 진짜를 추구하면 돼

일본의 후지TV에서 방영하는 〈기묘한 이야기〉란 드라마가 있다. 에피소드마다 주인공과 배경 모두 바뀌는 단막극 형식으로, 기묘한 스토리를 풀어내는 미스터리물이다. 그중 2013년 봄 시즌 방영한 에피소드 '에어닥터'는 국제선 비행기가 배경이다.

갑자기 한 중년 남자가 쓰러진다. 옆에서 환자의 아내가 열심히 남편을 보살피지만, 상태가 위독해진 환자는 대답조차 하지 못한다. "승객 여러분 중 의사 선생님 계십니까?" 의사를 찾는 승무원의 질문에 한 젊은 남자가 자리에서 일어난다. "제가 의사입니다만." 남자는 환자의 상태를 진단하고 응급 치료를 한다. 그 덕에 환자의 상태가 잠시 안정되는 듯했지만 이내 다시 심각해지고, 본격적인 수술이 필요해진 상황. 의사는 간호사와 마취의 없이는 치료할 수 없다며 비행기를 돌려야 한다고 말한다. 그 순간 승객 한 명이 자신은 무조건 여행을 가야겠다며 칼부림을 한다. 순간 뛰어나온 승무원이 승객을 제압하고, 다행히 승객중에 간호사와 마취의가 있어 환자를 치료하는 데 성공한다. 비행기가 무사히 목적지에 도착하며 대단원의 막을 내리는 듯했지만······.

이 이야기에는 반전이 있다. 처음에 의사라고 나선 승객은 진짜 의사가 아니다. 정확히 말하면 의사 시험에서 연이어 떨어져 좌절한 의대생이다. 좌절감을 이기지 못하고 목숨을 끊기 위해 먼 섬나라로 가는 길이었는데, 의사가 되고 싶다는 간절한 생각에 자기도 모르게 의사라며 나선 것이다. 치료를 도운 간호사도 진짜 간호사가 아니다. 코스프레 유흥주점에서 간호사 역할을 하는 호스티스다. "간호사 없어요?"라는 말에 습관적으로 "여기요!"라고 답했다가 졸지에 치료를 돕게 됐다. 이쯤 되면 마취의도 마취과 의사가 아니라고 예상할 텐데, 빙고. 마취의는 단지 이름이 마스이(일본어로 '마취의'와 비슷하다)다. 마취의가 없냐는 말에 자신의 이름을 부른 줄 알고 대답했을 뿐이다. 마스이 씨의 직업은 만화 편집인이다. 유일하게 성공시킨 만화가 다름 아닌 의료 만화로, 만화를 기획하며 주위들은 실력으로 환자의 치료를 돕는다.

승무원도 진짜 승무원이 아니다. 무려 테러리스트다. 진짜 승무원을 감금한 후 승무원으로 위장해 비행기를 납치하려 했으나, 웬 아저씨가 칼을 들고 뛰어나와 그냥 목적지로 가라면서 칼부림을 하며 소동을 벌이자 자기도 모르게 승객들을 보호했다. 박수갈채를 받자 마음이 약해져 끝까지 승무원 역할을 한 것이다. 마지막으로, 환자 옆에서 도와 달라며 울던 아내 역시 환자의 진짜 아내가 아니다. 평생토록 멋진 결혼생활을 꿈꿨지만 결국 이루지 못하고 홀로 살아가던 고독한 여행객이다. 옆자리에서 쓰러진 남자를 보살피는 모습을 보고 주변 승객들이 환자의 아내라고 착각한 것일 뿐. 이왕 오해받은 거 끝까지 '남편'을 돕기로 한다. "여보, 힘내요!"

사람은 누구나 주어진 역할을 연기하며 살아간다. 공부하는 학생, 사회생활하는 직장인. 많은 역할 중 가장 어려운 것은 바로 배우자의 역할이라고 생각한다. 다른 역할이 문밖에서 끝난다면, 배우자의 역할은 24시간 내내 끝나지 않고 심지어는 침대까지 따라온다. 한순간도 내려놓지 못한다.

미디어는 좋은 배우자의 역할에 너무 많은 것을 요구한다. 희생적이어야 하고, 매 순간 상대방을 아껴야 하며, 모든 것을 공유하고 함께해야 한다고 한다. 하지만 대부분의 사람은 그렇게 살지 못한다. 욕망과 바람을 가진 평범한 이들이기 때문이다. 평범한 사람은 꽉 짜인 배우자의 역할에 스트레스를 받고, 밖으로 보이는 자신과 실제 자신의 사이에서 부조화마저 겪는다. 결혼하면 자신을 잃는다는 표현은 이를 두고 말하는 것일 테다.

이 책엔 세상이 말하는 관습적인 역할을 내려놓고 지속 가능한 대안을 찾은 우리 부부의 이야기가 담겨 있다. 일상적으로 각방을 쓰고, 집밥은 간단히 먹으며, 아이 없이 지내면서, 때론 나 홀로 여행을 떠나는 우리의 생활은 티브이에 나오는 '보통의 결혼생활'과는 거리가 있다. 일견 이기적으로 보일 수도 있다. 하지만 우리가 원하는 방식의 삶이기에 지치지 않을 수 있었고, 지치지 않았기에 그 에너지로 서로를 더욱 아끼며 행복한 결혼생활을 누릴 수 있었다.

결혼을 앞두고 나 자신을 잃을까 걱정하는 사람들, 사랑하는 사람과 결혼했는데 어딘가 불편하고 불만족스러운 사람들에게 이 책이 도움이 되길 바란다. 각자 처한 상황이 다르기에 해답은 될 수 없지만, 우리 부부의 생활 모습이 '이렇게 살 수도 있구나' 하는 참고사항 정도는 되지 않을까 생각한다.

앞서 소개한 드라마 에피소드 '에어닥터'는 극 중에서 자신을 에어기타 세계 1인자라고 소개한 인물(실제로는 이 사람이 진짜 의사다)과 관련된 제목이다. 에어기타는 허공에서 맨손으로 기타를 연주하는 흉내를 내는 기술이다. 장난처럼 보이지만 장난이 아니다. 에어기타 전문 연주자는 나름의 기술도 만들며 진심을 다해 연주한다. 핀란드에서는 1996년부터 에어기타 세계 선수권 대회가 열려 매년 에어기타의 향연이 펼쳐진다. 드라마에서 가짜가 아니냐고 의

심받던 진짜 의사의 에어기타 연주에도 열정이 있고 진심이 있다. 사람을 치료한 가짜 의사는 가짜가 아니다. 승객을 구한 가짜 승무원도 가짜가 아니다. 나름의 역할에서 최선을 다했기에 '진짜'다. 그렇기에 행복을 위한 결혼생활 역시 형태가 어떻든 모두 진짜가 아닐까.

바보 같은 남편을 늘 아껴 주는 아내 H에게
책과 인세를 바치며

2021년 5월, 이정섭

차례

2장 　둘만으로도 꽉 차게 행복합니다

1장

같이만 있는 게
싫은 겁니다

사자리 아내와

물고기자리 남편

　우리의 인생을 결정하는 것은 무엇일까? 운명론을 믿지 않는 대다수의 사람은 자유의지라고 말할 것이다. 살면서 택하는 하나하나의 결정이 우리의 삶을 좌우하며, 우연한 사건에 대한 선택 하나하나가 합쳐져서 삶을 이룬다는 자유의지론. 독실한 무신론자로서, 이 대답만이 유일하게 논리적이라 여기면서도 한편으론 묘한 의구심을 버리지 못했다. 내가 H(지금의 아내)를 만난 게 정말 우연일까?

　H를 처음 만난 건 백수 시절 취업 스터디에서였다. 대

학 졸업 후 취업을 하지 못해 방바닥이나 긁던 중 뭐라도 해야겠다며 나간 스터디 모임에서 H를 만났다. 동그란 단발머리의 H는 자기주장이 분명한 사람이었다. 막 주장하는 나쁜 분명함이 아니라, 필요한 순간에만 기분 나쁘지 않게 주장하는 매력적인 분명함이었다. 카페에서 만난 스터디원들은 자기소개를 한 후 어떻게 공부해 나갈지 토론했다. 난 선명히 움직이는 H의 손과 입만 훔쳐봤다. 백수가 취업 준비하러 가서 뭐 하는 짓인지 자괴감이 들었고, 무엇보다 난 전 여자친구에게 무기력한 백수라고 차인 지 두어 달밖에 되지 않아 누군가를 좋아할 에너지가 없었다.

그러니까 H와 따로 만나 밥 먹기로 한 건 순수한 의도였다는 말이다. 요즘 말로 밥터디(밥+스터디) 같은 것이랄까. 밥만 달랑 먹으면 민망해서 커피도 마시러 갔다. 카페에서 H에게 스몰 토크를 시작했다.

"생일이 언제예요?"

"7월 ○○일인데요."

"그러면 사자자리시구나. 어쩐지."

"사자자리가 왜요?"

별자리 성격에 대해 약간의 지식이 있던 난 사자자리에 대해 이야기했다.

우리가 태어난 순간 어두컴컴한 하늘에 놓인 별들의 위치가 우리 인생에 영향을 준다는 사실 아세요? 별자리 성격론이에요. 당신이 태어났을 때 밤하늘에 사자 한 마리가 떡하니 버티고 있었어요. 그 사자의 기운이 갓 태어난 당신에게 스며들었죠. 게자리, 물병자리, 전갈자리 등 수많은 별자리가 있지만 그 별자리는 그리스 신화를 바탕으로 만들어졌기에 이름만 듣고 성격을 추측하긴 쉽지 않아요. 예컨대 사수자리는 이름만으론 화살을 쏘는 킬러가 떠오르지만 실제론 흥겨운 멘털리티의 소유자죠.

　　그런데 사자자리만큼은 이름 그대로예요. 백수의 왕인 사자처럼 당당하고 자존감이 높아요. 스스로 자신의 길을 찾아갈 때 행복한 경향이 크고요. 직설적인 성격 때문에 가끔 하이에나 같은 사람들과 다투지만…… 뭐라고요? 아, 하이에나자리는 없습니다. 일반적인 비유예요. 사자자리는 본인 내면이 탄탄하기에 남들에게 딱히 으스대지도 않아요. 별자리 성격론으로 유명한 미국의 작가 린다 굿맨에 따르면, 사자자리 여자가 가장 싫어하는 남자 유형은 비굴한 성격, 즉 무조건 맞춰 주려는 남자라고 하네요. 불쌍한 척하며 모성을 자극해 보려는 남자 역시 씨알도 안 먹힌대요. 사자자리는 신하가 아닌 기사를 원하거든요. 어떤 별자리가 어울리냐고요? 글쎄요. 사자자리 여자에게 어울리는 남자 별자리를 떠올려 보면 물고기자리일 것 같네요.

물고기자리는 자신만의 렌즈로 세상을 보는 종족이죠. 세상 사람들이 원하는 목표는 중요하지 않아요. 예민하고 상상력이 풍부하죠. 물고기자리에겐 고유의 특성도 있는데요. 다른 별자리의 사람들이 모두 자기 눈앞에 처한 일에 천착할 때 물고기자리 사람들은 한발 뒤로 물러나 전체를 관망할 줄 압니다. 때론 너무 관망만 해서 문제지만요. 그런 태연자약한 물고기자리의 특성이 사자자리와 잘 어울릴 것 같습니다. 참, 그러고 보니 제가 마침 물고기자리네요.

앞에 말한 내용 중 거짓말이 있다. 일반론으로 보면 사자자리 여자에게 가장 안 어울리는 남자 별자리는 염소자리와 물고기자리다. 묵묵히 참고 인내하는 염소자리와 만나면 속 터지고, 몽상가인 물고기자리와 만나면 맨날 싸운다고 한다. 검색했더니 별자리별 결혼지수(뭔지는 모르겠지만)가 100점 만점에 40점. '두 별자리에 대해 말하자면 물과 불은 결코 섞일 수 없다는 표현이 적합합니다'라고 한다.

별자리는 상극이지만 H가 마음에 들었다. 다행히 H도 나를 좋게 봤다. 여차여차하여 사귀게 됐고 연애 7년 후 결혼까지 했다. 그래서 시작된 결혼생활은?

　"우리 다음 생에 만나서 또 결혼하자."

　"오빠! 싫어!"

　좋다는 말이다. 전형적인 사자자리와 물고기자리가 만났는데도 우리의 결혼생활은 테트리스 게임처럼 딱딱 맞으며 행복하다. 우리는 서로 많은 점에서 다르지만 각자 개인의 삶을 적극적으로 추구하는 '독립성'을 중요시한다는 점에서 똑같다. 결혼하자마자 각방을 쓰고(각방이라니 무시무시하죠. 그냥 각자의 방이 있는 것뿐입니다), 가끔은 여행도 따로 간다. 정확히 말하면 우리는 부부 대협정을 통해 격년 단위로 한 해는 혼자, 이듬해는 함께 여행 가기로 했다. 각자 즐기고 함께 즐기고. 둘만으로 꽉 차게 충분해 아이도 낳지 않기로 했다.

　주변에선 "각방 쓰면 멀어져" "그래도 자식은 있어야지" 등 남들이 만든 정답과 기준을 끊임없이 들이밀었지만, 우린 모든 걸 원점으로 돌려 우리가 진짜 바라는 삶이 무엇인지에만 집중했다. 그래서 독립적으로 행복할 수 있었고, 독립적이기에 진짜 필요한 순간 지치지 않고 서로에게 기댈 수 있었다.

그러니까 이 책은 자기 존재를 잃지 않고 결혼생활을 꾸리려는 이들을 위한 제안이다. '결혼했더니 내 생활이 사라져 간다' '결혼하려는데 내 삶이 끝나는 것 같아 걱정스럽다' '아이를 낳지 않으려고 하는데 괜찮을까?' 이런 고민을 하는 사람들이 읽으면 도움이 될 수도 있겠다. '결혼생활을 이런 관점으로 보는 건 어떨까요?' 정도. 해결책이 아닌 일종의 결혼생활 건강 보조제 정도로 생각해 주면 좋겠다.

첫 질문으로 돌아가, 우리의 인생을 결정하는 것은 무엇일까? 자유의지일 수도, 별자리 운명일 수도 있지만 '함께 사는 사람' 역시 인생을 좌지우지하는 존재라고 생각한다. 그 어떤 강인한 정신의 소유자도 함께 사는 이와 불화하면서 행복할 수는 없을 터. 결혼이라는 크다면 크고 작다면 작은 인생의 한 챕터를 맞이하며 모두 자신을 잃지 마시길.

누구랑 함께 살지

못할 사람

.

15년 전 대학교 졸업을 앞두고 있을 즈음의 일이다. 신촌의 반지하 자취방에서 취업 스터디를 찾아 온라인 카페를 뒤지던 중 머릿속에 어떤 생각이 스쳤다. '나는 영원히 누구와 함께 살긴 힘들겠구나.' 툭 떠오른 단상은 꼬리를 물고 이어지다 확신이 됐다. 취업 준비를 못 한 졸업생으로서 백수의 삶이 기다리고 있었고, 여자친구에게 차인 지도 얼마 안 된 시점이었지만 그런 괴로움 탓에 혼자 살겠다고 마음먹은 건 아니었다. 정확히 따지면 오히려 반대였다.

대학교 1학년 여름방학, 동기끼리 떠난 여행에서 같은

동아리 친구를 사귄 후로 대학생활 내내 연애를 했다. 연애를 한번 시작하면 길게 사귀는 편이라 6년 동안 두 명을 만났다. 두 사람 모두 성격도 능력도 나보다 뛰어난 사람이었다. 아닌 게 아니라 정말 모두 취업을 잘했다. 하지만 알다시피 사람이 나빠서만 관계가 깨지는 것은 아니지 않은가. 당시엔 중요했지만 지금 보면 사소한 이유로 갈등했고 헤어졌다. 그리고 대학생활의 끝자락엔 오랜만에 솔로 상태가 됐다.

사랑하는 사람과 보내는 시간은 내게 두 가지 감정을 가져다줬다. 우선 행복감이다. 사랑이란 감정은 마치 삶이란 요리에 들어가는 특제 소스와 같다. 사랑하는 사람과 함께라면 평범한 영화 관람도 두근대는 경험이 되고, 고단한 퇴근길도 그 끝에 기다리는 연인이 있다면 행복한 여정이 된다. 모든 사소한 일이 연인과 함께라는 이유로 즐길 거리가 되는 셈이다. 어제와 달라진 건 하나도 없는데, 사랑이란 이유 하나만으로 모든 게 달라 보이는 경험을 한 번쯤 해 봤을 것이다.

문제는 연인과 시간을 보내는 동안 나의 소셜 에너지도 소모된다는 점이다. 시쳇말로 기가 빨리는 기분이랄까.

함께 있는 시간엔 쉴 새 없이 상대에게 포커스를 맞춰야 한다. 농담을 던지면 웃고, 뭐 먹을지 이야기를 나누는 등 끊임없이 액션과 리액션을 주고받는다. "다들 평범하게 하는 일이잖아"라고 반문한다면 할 말은 없다. 하지만 난 좋은 사람과 있어도 에너지가 소모됐고, 소모한 에너지를 충전할 혼자만의 시간이 필요했다. 멍하게 하늘만 바라봐도 상관없었다. 일체의 소통을 멈춘 채 홀로 할 일을 해야만 충전됐다. 하지만 연인과 같은 학교를 다니던 상황에서 혼자만의 시간을 갖긴 쉽지 않았다. "잠시 나만의 충전 시간이 필요해"라고 하기도 애매했다. 사실 그땐 에너지가 고갈된 느낌을 받으면서도 그 이유를 몰랐다.

여자친구에게 차인 후 3주 정도는 찔찔 운 다음, 이래선 안 되겠다는 생각에 신촌 거리로 나섰다. 계획도 없이 이곳저곳을 배회했다. 가게가 보이면 밥을 먹고 문득 책을 읽고 싶으면 어딘가에 앉아 책을 펼치며 시간을 보냈는데, 머릿속에 청량한 바람이 스치는 것 같았다. 누구와도 연결돼 있지 않은 순간을 만끽하며 에너지가 충전됨을 느꼈다. 그러고는 다시 집에 들어와 스터디 모임을 찾던 중 그런 생각이 든 것이다. '나는 영원히 누구와 함께 살긴 힘들겠구나.'

연애할 때야 집이라는 공간이라도 따로 있지, 결혼해서 한집에 살면 일터에는 동료, 집에는 배우자가 있으니 매 순간 타인의 시선으로부터 자유로울 수 없다. 온전한 나만의 시간이 없어진다. 당시엔 인생이 단 두 가지의 패키지 상품으로 구성된 것 같았다. 상품 1, 연인과의 따스함은 있지만 매 시간 사람과 연결돼 있어야 합니다. 상품 2, 영원히 홀로 마음대로 할 수 있습니다. 자유롭긴 하겠지만 매우 외롭겠죠. 패키지 상품 중 무조건 하나를 골라야 한다면 2번이라고 짐작했다.

1번이든 2번이든 대학을 졸업했으니 먹고는 살아야겠고, 그래서 찾아간 취업 스터디에서 지금의 아내를 만났다. 아내는 나처럼 독립적인 사람이었다. 혼자만의 시공간이 꼭 필요했고, 누구와 만나더라도 자기 취향과 목표를 포기할 마음이 없었다. 더 좋았던 건 아내는 나와 달리 직설적인 사람이라는 점이었다. 자기만의 영역에 타인이 들어오면 아무리 애정이 있어도 즉시 반발했다. 내가 홀로 시간을 누리고 싶을 땐 쿨하게 인정……은 아니고 약간 툭툭댄 후 배려한다. 우리는 한집에 살지만 각자 할 일에 집중하는 시간은 방해하지 않고 놓아둔다. 서로가 필요해질 땐 찾는데 그 과정도 이제 자연스럽다.

    독립성과 사랑 중에 뭐가 먼저냐 묻는다면, 그 둘은 서로를 가능하게 해 주는 보완 요소라고 답하겠다. 사랑하기에 상대가 나와 별개로 누리려는 일상을 인정할 수 있고, 나 자신의 독립적인 생활이 가능하기에 깊은 사랑을 키워 갈 여유가 생긴다. 세상에 나 같은 사람이 또 있는진 모르겠다. 만약에 결혼 후 지나친 속박이 두려워 누구와도 함께 살기를 꺼리는 사람이 있다면 비슷한 사람을 만나 보시도록. 존재합니다, 분명히.

독립성과 사랑 중에 뭐가 먼저냐
묻는다면, 그 둘은 서로를 가능하게
해 주는 보완 요소라고 답하겠다.
사랑하기에 상대가 나와 별개로
누리려는 일상을 인정할 수 있고,
나 자신의 독립적인 생활이 가능하기에
깊은 사랑을 키워 갈 여유가 생긴다.

결혼 후

뭐가 제일 달라졌어요?

"결혼 후 뭐가 제일 달라졌어요?"

며칠 전 술자리에서 후배가 물었다. 결혼을 앞둔 후배는 일종의 조언을 구하고자 질문을 던졌지만, 늘 그렇듯 답하기가 어려웠다.

"모르겠네. 별로 달라진 게 없는 것 같은데."

"그래도 혼자 사시다가 형수님이랑 살게 됐으니까 제약 같은 게 조금은 있지 않을까요?"

주변 친구들보다 비교적 빨리 결혼하기도 했고, 적어도 남들이 보기엔 자유로우면서도 행복한 이상적인 결혼생활을 하는 것처럼 보이기에(실제로 그렇습니다) 결혼생활에 대한 질문을 자주 받는다. 미디어를 보면 결혼 후 자기 자신의 모습을 잃는 일이 흔히 나오니까. 아마 '일반론'으로는 바뀐 부분이 있을 테다. 그렇다면 한번 마음먹고 따져 보기로 한다. 뭐가 달라졌는지.

더듬어 본 기억 속 결혼 초의 난 일종의 압박감을 느끼고 있었다. 열아홉 살 이후로 자취를 했던 터라 혼자 사는 것이 습관이 됐기에 일상 곳곳이 불편했다. 대표적으로 주말 아침. 난 밤늦게 잠드는 올빼미형, 반대로 아내는 아침형 인간이다. 평일이야 다음 날 출근해야 하니 어쩔 수 없이 빨리 일어나지만, 주말이나 휴일이면 난 오전 시간을 모두 잠으로 채운다. 전날 밤새 영화를 보거나 게임을 하기 때문인데, 결혼 초만 해도 아침 일찍 일어나 혼자 심심한 아내는 나에게 일찍 자고 일찍 일어나라고 불만을 표했다. 나도 아내에게 맞춰야 한다는 의무감에 뜬눈으로 침대에 누워 있기도 했다. 주말 아침에도 억지로 일어나 골골대며 오전 시간을 버텼다.

결혼했으니 응당 이렇게 해야 한다는 '당위성'이 결혼생활 곳곳에 작용했다. '부부니까 늘 붙어 있어야 한다' '결혼했으니까 양측 가족을 자주 찾아봬야 한다' '결혼했으니까 집에 일찍 들어오고 주말은 함께 지내야 한다' '결혼했으니 자신만의 취미에 지나치게 시간을 쏟으면 안 된다' 이런 말을 우리 역시 지키며 살았다. 누가 시켜서가 아니었다. 결혼생활이 어때야 하는지 깊게 생각해 보지 않았기에 전형적인 결혼생활을 스스로 따라가고 있었다. 해야 할 것을 모두 지키며 살고 있는데도 왜인지 즐겁지가 않았다. 거시적으로는 행복한데 미시적인 일상은 늘 원하는 일을 하지 못하는 하루하루가 이어지고 있을 뿐이었다.

결혼한 지 몇 개월이 흐른 어느 날. 아내는 야근하느라 늦고, 먼저 퇴근한 난 피곤에 찌든 몸을 소파에 털썩 던지고 티브이를 켰다. 저녁상을 차리기가 귀찮아 배달 음식을 주문했다. 온종일 누군가와 소통해야 하는 소통 지옥을 벗어나, 마치 일본 드라마 〈고독한 미식가〉의 주인공 고로처럼 홀로 제멋대로 있을 수 있는 순간이 행복하게 느껴졌다. 이 시간을 방해받고 싶지 않았다. 이기적이게도 아내가 조금 천천히 들어오면 좋겠다는 생각도 들었다. 전자음과 함께 도어락이 열리고 아내가 들어올 땐 좋은 시간이 끝났다는 느낌마저 받았다.

이건 아니다. 잘못됐다. 결혼했을 땐 고민해 보지 않은 '결혼생활이란 무엇이어야 하느냐'를 그때부터 생각하기 시작했다. 결론은 어렵지 않았다. 생활에서 꼭 이래야 한다는 당위를 빼고, 우리 부부가 원하는 방식을 합의하에 스스로 고르면 된다는 것. 그래서 각방을 쓰기 시작했고, 주말 중 하루는 자기만의 시간을 보냈다. 물론 함께 있어도 본체만체하는 것이 아니라, 한쪽이 혼자 영화를 보고 싶다고 하면 그동안 상대방은 다른 일을 하는 식이었다. 내가 책을 읽는 동안 아내 혼자 나들이를 다녀오는 일도 있었다. 자기만의 생활을 누릴 여유, 삶의 빈칸이 생기자 함께하는 시간도 더 행복해졌다.

그리하여 처음의 질문으로 돌아와 결혼 후 가장 달라진 점에 답하면, 내가 일상에서 원하는 게 무엇인지 생각해 보게 됐다는 사실이다. 혼자 살 때와 달리 제약이 있기에 오히려 어떻게 하면 스트레스를 줄이고 따로 또 함께 즐거운 시간을 보낼 수 있는지 고민하게 됐다. 또 달라진 점이 있다면 나 자신의 한계를 알게 됐다는 것이다. 재수 없는 소리지만, 결혼 전 나는 스스로 나 자신을 괜찮은 사람이라 여겼다. 사랑하는 사람을 위해서라면 한없이 희생할 수 있을 줄 알았다. 아내가 이 이야기를 들으면 비웃을 텐데, 그때 정말 그랬다. 하지만 결혼하고 나니 희생은 무슨, 내 뜻대로 되지 않는 게 쌓이면 어느새 짜증스러운 기색을 내비쳤다. 내 모든 것을 참아 주는 부모님이 아닌, 나와 대등한 상대와의 끈끈한 삶은 자신의 부족함을 여지없이 드러낸다. 결혼이든 동거든 또 다른 공동체의 형태든 상관없다. 만약 사랑하는 사람과 결혼을 앞두고 있다면 미리 함께 살아 보는 것도 추천한다. 철학책을 읽는 것 못지않은 성찰을 할 수 있을 것이다.

어제 아내가 전화 사주를 봤다. 전화 통화로 사주를 보는 일종의 비대면 사주인데, 사주 선생님께서 아내에게 우리 부부는 평생 친구처럼 잘 지낼 것이라고 말했단다.

"무조건 좋은 말만 해 주는 것 아냐?"

"아냐. 전화 사주 본 다른 친구는 남편하고 가까이 지내지 않을수록 좋다고 했대."

"응? 그게 무슨…… 좀 무섭네."

그나저나 말 나온 김에 이런 생각이 들었다. 아내와 부부가 아닌 친구로는 잘 지냈을까? 우리가 친구로는 어땠을까? 아내에게 슬쩍 물었더니 친구로는 절대 안 친해졌을 거라고 단언한다. 남편이어서 좋은 거라고. 그게 무슨……?
역시나 무섭다.

**자기 존재를 잃지 않고
결혼생활을 꾸리려는 이들을 위한 팁 3**

① 모든 면에서 다 맞는 사람은 없다는 점을 깨닫자. 별생
각이 없으면 갈등하는 것이 결혼의 디폴트 값. 두 사람의
취향, 습관, 바람이 똑같긴 쉽지 않다는 점을 인정하자.

② 자기만의 동굴(시공간)을 마련해 두자. 자기 안에 부정적
인 기운이 쌓였을 때 들어가 호흡을 가다듬을 수 있는 자
기만의 방, 그게 어렵다면 혼자만의 카페 타임 같은 것이
있으면 좋다.

③ 둘만의 일상을 어떻게 만들어 갈지 계획하자. 주말은 어
떻게 보낼지, 여행 가면 어떻게 다닐지 각자 원하는 것과
상대를 위한 부분을 나눠서 생각할 것. 집안 살림도 몽
땅 나누면 좋다.

어디에서 즐거움을 찾을지는

각자의 몫

아내와 함께 이른 크리스마스 선물을 사러 백화점으로 향하는 길. 차를 타고 가는 내내 아내는 계속 흥이 나 있었다. 입꼬리가 올라가고 눈은 초롱초롱했다. 그런 아내를 보며 말했다.

"H, 기분 좋아 보이네."

"당연하지. 사랑하는 남편이랑 같이 나들이 가는데 좋지 않겠어? 요즘 맨날 회사에서 일만 하고 집에만 있어서 너무 갑갑했어."

거짓말이다. 아내가 이토록 행복한 이유는 자기가 받

을 선물 덕분이다. 왜 아니겠는가. 소위 명품이라 불리는 가방을 사러 가는 길인데.

"오빠, 나 가방 사도 돼?"

며칠 전 티브이를 보던 아내가 은근슬쩍 말을 건넸다. 가방이 필요하면 사야지 굳이 내 허락을 받을 필요는 없다고, 부부라도 자기 선택권이 있다고 말했다. "아니야. 오빠 허락을 받을 필요가 있어. 왜냐하면 오빠가 사 줄 거거든." 아? 그렇구나. 내가 사는 거라면 음…… 그러면 내 허락이 필요하겠지.

"옷장에 가방 많던데?"

"(정색하고) 가방 없어. 보자기에 싸서 다녀."

"지금 저기…… 읍."

세탁함 위에 있는 가방을 가리키며 말하는데, 말을 끝내기도 전에 냥냥 펀치가 날아와 내 입가를 타격했다. 원하는 가방이 있는데 가격이 조금 비싸다고 해 얼마인지 묻자, 아내는 얼마까지 괜찮은지 물었다.

얼마인지 말하기에 앞서 부연 설명을 하자면, 아내는 물건을 진심으로 좋아한다. 옷이나 구두, 가방부터 가전제품까지 좋은 물건을 사서 귀중히 애용하는 데서 큰 기쁨을 느낀다. 쇼핑 중독은 아니다. 절제력이 강해 무엇에 빠져도 문제없는 수준에서만 즐긴다. 그럼에도 물건을 정말로 애정하긴 하는데, 신발장에 놓인 '아이들(신발들)'을 보며 "이 친구들과 함께 나들이 나가는 기분"이라고 말한다든지, 옷장 속 '아이들(가방들)'을 보며 "하나의 작품 같다"고 말하기도 한다. 1년 내내 직장 다니느라, 또 남편 챙기느라 고생한 아내가 이렇게 좋아한다는데 가방 정도는 사 줄 수도 있다는 생각이 들었다. 다행히 약간의 여윳돈도 있었다. 가방 구입 가능 비용으로 꽤 큰 액수를 불렀다. 아내 얼굴에 화색이 돌았다.

"오빠가 집중해서 잘 봐야 해."

선물 사러 가는 차 안에서 아내는 내게 몇 번이고 강조했다. 자기가 후보로 고른 몇몇 가방이 있는데, 객관적인 입장에서 다각적으로 검토하고 어떤 걸 선택하면 좋을지 조언해 달라는 요청이었다. 백화점 명품 매장은 한가해 보였다. 손님과 점원이 1 대 1 비율이었다. 코로나 시국이라 손님이 없는가 했지만 오해였다. 알고 보니 명품 매장은 입장 인원에 제한이 있었다. 명품 매장을 거의 안 가 봤으니 알 턱이 없었다. 평일인데도 우리 앞에 열 팀이 넘게 대기 중이었다. 대기 키오스크에 휴대폰 번호를 입력했다. 우리 차례가 오면 문자를 준다고 했다. 기다리는 동안 아내랑 다른 명품 매장을 구경했다. D 매장에 대기 팀이 별로 없기에 시간도 죽일 겸 들어갔다. 아내는 작은 회색 가방에 관심을 보였다. 별로 특징적인 것은 없는 가방이었지만 만듦새는 괜찮아 보였다. 가격을 물어봤다. 가격을 듣자 비로소 특징이 보였다. 가격이 참 특징적이었던 것이다. 세상에나, 이게 6…… 말을 말자. 아내에게 이 가격은 안 된다고 했더니 "알고 있어. 그냥 구경하는 거야. 나중에 돈 많이 벌면 사야지"라고 말했다. 평범한 직장인인 우리가 과연 저 가방을 살 일이 있을지 모르겠지만, 꿈을 갖고 사는 것은 나쁜 일이 아니니 대충 넘어가자.

꽤 시간이 흐르고 다리가 아프려던 찰나, 매장에서 연락이 왔다. 점원이 아내가 점찍어 둔 몇몇 가방을 갖고 나왔다. 첫 번째는 내 도시락통을 꼭 빼닮은 작은 원통형의 가방이었다. 이걸 산다고? 내 흔들리는 동공을 캐치한 점원이 웃으며 말했다. "여자분들은 좋아하시는데, 남자분들은 선호하시지 않는 스타일이에요." 나도 안다. 여자와 남자의 취향은 분명히 다르다. 하지만 이건 정말 도시락통인걸. 두 번째 가방은 이해가 가능한 디자인이었다. 남자 닥터

백을 모티브로 만든 듯한 일반적이면서도 고급스러운 검은 가죽 가방으로 평범하면서도 은근히 선이 우아했다. 점원이 일상적으로 편하게 착용 가능한 가방이라고 했다. 하지만 가격은 전혀 편하지 않았다. 마지막은 여행용 빈티지 트렁크백을 아주 작게 만든 듯한 독특한 디자인의 가방이었다. 정말 예쁘긴 한데 크기가 매우 작아서 아내가 휴대하는 아이패드를 넣기에도 공간이 부족했다. 그 말을 하자 아내는 "아이패드를 안 넣으면 되지"라고 했다. 가방이란 카테고리의 목적이 대체 뭐지? 하지만 아내에게 가방은 꼭 물건의 휴대 기능에만 핵심이 있지 않다는 걸 깨달았다. 정말로 정말로 정말로 예쁘다면 물건이 아주 조금만 들어가도 되는 것이었다.

도시락통 같은 가방은 후보에서 제외하고 검은 가죽 가방과 미니 가방 둘 중에 고르기로 했다. 나와 아내는 갖가지 상황을 가정해 더 필요한 가방이 무엇인지 고민했다. 그럼에도 결론을 내리지 못했다. 평소 회사에 들고 다니기엔 검은 가죽 가방이 편하지만, 나들이 차림에 포인트로 삼기엔 미니 가방이 유용했다. 그래서 나는 철학에서 사용하는 '사고실험(특정한 상황이 실제로 이뤄졌다고 가정하고 그때 자신의 행동을 예상해 보는 방법)'을 제안했다. 한쪽 가방을 사서 집으로 돌아갔을 경우, 주말에 그 가방을 보며 동시에 구매하지 않고 백화점에 두고 온 나머지 가방을 떠올릴 때 어떤 마음이 들지를 상상해 보라고 했다. 매장 의자에 앉아 아내는 잠시 상상의 나래에 빠졌다. 골몰하던 아내 얼굴에 깨달음의 빛이 비췄다. "오빠, 저 검은 가방을 골라야 해!" 그렇게 아내에겐 인생 최고 가격의 가방이 생겼다. 내 지갑은 홀쭉해졌지만 아내가 행복하다니 괜찮았다.

돈을 모아 어쩌다가 사 준 가방에 대해 갑자기 이야기하는 건 사람마다 행복을 느끼는 요소는 모두 다르다는 것을 말하고 싶어서다. 누군가는 여행에서, 누군가는 공부에서, 또 누군가는 일의 성과에서 행복을 찾는다. 부부가 됐다고 행복 취향이 갑자기 동기화되는 것은 아니다. 그럼에도 우리는 곧잘 상대의 즐거움을 깎아내린다. 예컨대 쇼핑에서 행복을 찾는 것은 잘못됐다고 말한다. 결혼한 순간 '희생'이란 말로 서로의 즐거움을 지나치게 제한한다. '이러이러할 때 행복해야만 한다'는 당위는 옳아 보이고 원칙처럼 느껴지지만, 결국 일상의 행복을 누리지 못하게 하는 비현실이다. 행복한 결혼생활을 위한 길은 먼 산에 있는 것이 아니다. 일상이 행복한 남편과 일상이 행복한 아내, 두 사람이 있을 때 결혼생활이 행복한 것이다. 고로 앞날에 큰 문제만 일으키지 않는다면 각자의 행복 취향을 인정해 주시길.

가방을 들고 백화점에서 나오는데 아내가 내년 크리스마스 선물로 뭐 받을지 정했다며 싱글벙글한다. 너무 뻔해서 궁금하지도 않다. 조금 전에 고민한 미니 가방이겠지. 아내는 다 계획이 있구나.

부부가 됐다고 행복 취향이 갑자기
동기화되는 것은 아니다. 그럼에도 우리는
곧잘 상대의 즐거움을 깎아내린다.
결혼한 순간 '희생'이란 말로 서로의
즐거움을 지나치게 제한한다. 행복한
결혼생활을 위한 길은 먼 산에 있는
것이 아니다. 일상이 행복한 남편과
일상이 행복한 아내, 두 사람이 있을 때
결혼생활이 행복한 것이다.

미니멀리스트 남편과

맥시멀리스트 아내

"오빠, 뭐 해?"

아내가 내 등에 매달리며 사랑스럽게 외친다. 원하는 것이 있다는 의미다. "마지막으로 냄비 하나만 사도 돼?" 아내는 최근 요리에 취미가 생겼다. 무엇이든 설렁설렁하는 나와 달리 아내는 취미 하나를 가져도 제대로다. 일본 가정식을 먹자고 하면 직접 만든 소스에 돼지고기를 쪄 차슈덮밥을 만들고, 거기에 곁들여 먹을 튀김까지 만든다. 빼먹는 재료 없이 모두 사용해 오리지널의 맛을 낸다. 문제는 그 바람에 가뜩이나 좁은 우리 집 부엌이 각종 재료와 요리

기구로 손 댈 틈 없이 꽉 찼다는 것이다.

등산이나 캠핑 같은 취미가 생기면 고급 장비부터 몽땅 구매해 놓는 사람이 많다. 흔히 '장비병'이라 부르는데 아내 역시 그렇다. "아니거든. 나도 참고 참다가 꼭 필요한 것만 사는 거거든"이라며 아내가 옆에서 반박하지만 말은 바른 대로 해야지. 장비병에 빠진 아내는 요리 취미가 생긴 지 3개월 만에 찜기, 솥밥용 냄비, 각종 예쁜 접시, 에어프라이기, 보관용 밥공기, 기타 온갖 것을 사 모았다. 10년간 미니멀리즘으로 유지되던 맞벌이 부부의 주방은 두세 달 만에 맥시멀리스트의 주방으로 변했다. 아내가 요리해 주면 고맙고, 부엌이 좁아지는 것도 참을 만하지만 한편으로는 고민이다. 이 취미는 또 얼마나 갈까? 아내는 또 무엇을 살까?

아내는 바쁜 회사생활로 늘 피곤해하면서도 넋 놓고 쉬는 건 또 싫어한다. 항상 쉴 틈 없이 다채로운 취미를 즐겨 왔다. 유화도 그렸고, 발레와 요가도 했고, 베이킹과 쿠킹도 배웠고, 주식 동호회도 했다. 취미가 끝난 자리엔 부산물이 남았다. 자칭 맥시멀리스트답게 집 꾸미기도 좋아해 지금도 이것저것 사들인다. 어느 날 저녁, 아내가 부엌에 물끄러미 서서 전자레인지와 식탁 사이의 빈 공간을 응시하고서는 말했다.

"여기에 수납함을 둬야겠어. 우리 집엔 수납함이 필요해!"

"수납함도 좋은데 대신 그 공간에 여백을 채워 두면 어떨까?"

"쓸데없는 소리 말고! 우리 집엔 수납함이 필요하다고. 저기 봐. 과자가 식탁에 막 널려 있잖아."

요리 기구를 사고 싶은 아내와 못 사게 하려는 나 사이의 티격태격은 "이게 정말 올해 마지막으로 사는 거다!"라는 다짐으로 끝나곤 하지만, 실제로는 아내의 애정 공세와 함께 '진짜 최종 마지막 요리 기구'를 사는 것으로 이어진다. 그나저나 이번에 산 냄비는 정말로 크다. 동그랗고 넓은 냄비의 끝에 금속망 같은 게 붙어 있는 걸로 봐선 튀김용 냄비 같다. 다 된 튀김을 거기에 건져 놓는 방식이다. 만듦새도 나쁘지 않다. 그래도 아내가 (물건을 하도 많이 서칭하고 구매하고 또 서칭하는 게 취미더니) 좋은 물건을 보는 심미안은 있어서 (엄청 비싸지만) 세련되고 우리 집 주방 톤앤매너에도 어울린다.

미니멀리스트 남편과 맥시멀리스트 아내, 서로 다른 성향 탓에 결혼 초엔 다투는 일도 잦았다. 작은 집에 왜 자꾸 물건을 사 모으냐는 것이 내 불만이라면, 왜 필요한 것마저 안 사면서 일상의 불편을 감수하느냐는 것이 아내의 불만이었다. 결론적으로는 어느 한쪽이 무조건 맞진 않았다. 무선 청소기는 좋은 선택이었고, 화장실 타일 청소기는 완전 실패였고, 커피머신은 대성공이었다. 대형 믹서기는 1년에 몇 번 쓰지도 않아 아무리 봐도 실패인데, 내가 힐난할 때마다 아내가 꺼내서 뭔가를 갈아 먹으며 말한다. "아니거든. 엄청 유용하거든."

이제 생활에 여유도 생겼고 서로 취향도 잘 알기에 지금은 심하게 다투는 일은 없다. 운용의 묘를 살려 물건 사는 간격을 띄우는 정도. 이번 달에 뭔가를 샀으면 적어도 다음 한 달은 아무것도 사지 않도록 유도하는데, 아내도 그동안 익힌 설득의 스킬이 있어 내 맘대로 되진 않는다. 아내가 자기 방에서 발을 꼼지락대며 불쌍하게 오들거리고 있기에 추운지 물어봤더니 "바닥이 너무 차가워서 추워요. 카페트만 있었으면. 흑흑"이란다. 귀염+불쌍이 통하는 건 또 어떻게 알아 가지고.

"젊을 땐 세상을 바꾸길 원하고 결혼한 후엔 배우자라도 바꾸길 원하지만, 결국 바뀔 수 있는 건 나 자신밖에 없다는 걸 깨닫고 떠나는 것이 우리네 삶."

아내와 연애하던 시절에 어디선가 읽은 이야기다. 처음 들었을 땐 그럴듯해 마음에 담아 두었는데, 결혼해서 살면 살수록 틀린 이야기 같다. 이 문장에서 바뀌길 바라는 건 자신이 옳고 좋다고 생각하는 방향일 것이다. 그리고 사람은 누구나 자신과 비슷하게 생각하고 행동하는 사람을 편하게 여길 테다. 그런데 그 비슷함엔 변수가 없다.

배우자와 내가 다를 때, 그 다름은 우리 생활에 버라이어티를 주기도 한다. 여행을 꺼리던 난 여행을 좋아하는 아내를 만나 낯선 장소의 매력을 알게 됐다. "굳이 외국에 왜 가? 영상으로 보면 되는데"라고 말하던 나는 요즘 코로나19 사태가 끝나면 어디로 떠날지 계획하고 있다. 뿐만 아니라 아내를 만나 집 꾸미기의 즐거움도, 맛집 찾아 다니기의 재미도 알게 됐다. 심지어 탄닌감이 싫어 못 마시던 와인도 아내 덕에 조금은 즐기게 됐다. 결혼을 한 번밖에 못 해 봤고, 이혼도 안 해 봐서 부부들이 왜 헤어지는지 모르지만, 어쩌면 그 헤어짐의 원인 중엔 변수 없는 삶에서 오는 '지루함'이 차지하는 비중이 크지 않을까. 적어도 나는 매일 나랑 다른 뭔가를 요리조리 모색하는 아내 덕에 지루할 일은 없으니까 다행이라면 다행이다.

얼마 전 들었던 심리학 강의에서 교수님이 "인간에게 지루함은 물리적 통증만큼 큰 스트레스입니다. 실제로 가만히 묶여 있는 것과 전기 충격이라도 받는 것 중에 고르라고 하면 사람은 전기 충격을 고른답니다"라고 하시던데. 글쎄요, 교수님. 그건 좀 아니지 않을까요?

선

안 넘네

"그러고도 괜찮아? 안 싸워?"

결혼생활 이야기를 나눌 때마다 친구들이 내게 건네는 말이다. 아내가 내게 하는 행동을 말하면 일부는 놀라고 일부는 그럴 리가 없다고 의심한다.

"제수씨가 세수할 때마다 화장실 문가로 가서 네가 이야기를 해 준다는 거야? 무슨 이야기를 하는데?"

"아무거나. 그날의 뉴스든 과학 상식이든 뭔가를 말하는 거지."

또, 아내가 부르기에 방으로 갔더니 손이 안 닿는 거리에 있는 핸드폰을 건네 달라고 한 이야기를 듣고는 "너무한 거 아니냐"라고 외쳤다. 성별이 여성인 친구 Z는 나름의 분석을 하며 이렇게 말했다.

"오빠가 평소 매우 무심한 편이잖아요. 무심해서 자기 할 일만 하고, 아내분께 정을 충분히 못 주는 거예요. 사람은 사랑받고 있다, 관심받고 있다는 느낌이 필요한데 오빠가 잘 챙겨 주지 못하니까 대신 요구 사항을 자꾸 말하는 거죠. 내가 필요한 순간에 날 찾아오는 그 모습을 좋아하는 거예요."

그렇게 생각하면 이해도 되고 내 마음도 한결 편하겠지만, 문제는 내가 아내에게 별로 무심하지 않다는 것. 도리어 곁에서 질척대면 그런 나를 훠이훠이 밀어내 버린다.

2년 전 출간한 에세이에서 "아내는 늘 7 정도로 화가 나 있는 편"이라고 썼더니, 한 독자분이 후기에 "그런데 작가님, 늘 7 정도로 화나 있는 아내분이랑 어떻게 사실 수가 있죠?"라고 적어 두었다. 질문에 대답을 하자면, 우선 첫 번째는 아내가 나를 매우 아끼고 사랑한다는 사실을 한순간도 잊지 않기 때문이다. 아내가 짜증을 부릴 때면 물론 사람이니까 나 역시 기분이 나쁘지만 딱 거기까지다. 더 나아가 관계를 망칠 생각까지 이어지진 않는다. '예전에도 이러 저러하게 행동했었잖아. 분명 나를 무시하는 거야'라고 생각하며 과거를 소환하고, 섣부르게 일반화를 해 싸움을 키우진 않는다. 생각의 선을 지키는 셈이다.

하지만 우리 부부가 로봇도 아니고, 다툼이 반복되면 선이 지켜질 리가 없다. 이때 빛을 발하는 것 역시 선을 지키는 것이다. 결혼생활의 최악의 단점은(단점이라고 하면 안 되려나?) 부부가 온종일 붙어 있는 것이다. 회사에서 예의 없는 고객을 만나 기분이 상한 상태로 퇴근할 때면 속이 배배 꼬이고, 누가 한마디를 해도 뾰족하게 반응한다. 연애 시절엔 최악의 순간일 땐 연인을 안 만나면 됐는데, 결혼 후엔 그러질 못한다. 결혼 전보단 후에 다툴 일이 잦다. 감정의 끄트머리에서 다투는 만큼 뒤가 없이 상대를 공격하기 쉽다.

그런데 아내는 안 그랬다. 아내는 자주 화내지만 끝까지 가진 않는다. 공격은 많이 하지만 손끝에 살기가 없는 공격이다. 비판도 1절, 2절은 해도 3절까진 안 한다. 주변 사람들의 말을 들어 보니 서로의 가족사까지 끄집어내며 싸우는 경우도 있다던데, 그리고도 수습이 되는 건지. 선을 넘지 않는 다툼엔 기분 상하는 상한선이 존재한다. 게다가 아내는 내 감정선을 측정하는 마법이라도 있는지 내 기분에 따라 공격 수위를 달리한다. 내 상태가 괜찮을 땐 적극적으로 공격하지만, 내 기분이 많이 상했을 땐 꾹 참고 오히려 평소보다 잘해 준다.

몇 년 전, 회사에서 아주 힘든 일이 있었다. 회피 성향인 나는 아무에게도 말하지 않고 눌러 담았다. 아내에게도 사정을 말하지 않은 채 무심히 대했다. 배우자가 이유도 없이 며칠이고 투덜대면 누구든 화를 낼 만하다. 아내 역시 내게 화를 내려다가 갑자기 태도를 바꿨다. 첫날은 빨리 잠자리에 들면서 감정을 컨트롤할 시간을 벌더니 다음 날부터는 도리어 잘해 줬다. "오빠, 컴퓨터 오래됐잖아. 바꿀 때 되지 않았어?" 하며 귀찮다는 내 손을 붙잡고 매장에 가새 컴퓨터를 사 주기도 했다. 일주일 정도 지나자 내 상태는 나아졌다. 아내 역시 이를 알아채고 원래 모습으로 돌아왔다.

"오빠, 이러지 말라고 했지! 저번엔 내가 참았어."

"어이쿠, 미안."

'부부 사이엔 감정을 숨기지 말아야 한다'는 말이 기분대로 퍼부으라는 뜻은 아니다. 부부 사이의 감정이란 하루

하루 백지에 다시 쓰는 무엇이 아니라 전날 썼던, 전전날 썼던, 오래전에 썼던 모든 언행이 쌓여 이뤄지는 것이다. 그러니 최악의 순간에도 선을 넘진 말기를.

다툼이 반복되면 선이 지켜질 리가 없다.
이때 빛을 발하는 것 역시 선을 지키는
것이다. 부부 사이의 감정이란 하루하루
백지에 다시 쓰는 무엇이 아니라 전날
썼던, 전전날 썼던, 오래전에 썼던 모든
언행이 쌓여 이뤄지는 것이다. 그러니
최악의 순간에도 선을 넘진 말기를.

결혼식에도

전략이 필요하다

우리 부부의 결혼식에 스스로 점수를 준다면 100점 만점에 90점 정도다. 큰 잡음도 없었고, 떠올리기 싫을 만큼 부끄럽지도 않았으며, 무엇보다 당사자인 우리 둘 다 큰 스트레스 없이 해냈다. 번거로움은 최소화하고 둘의 행복에 집중했다. 결혼한 친구들에게 물어보면 모두 절레절레 고개를 흔드는 게 결혼식인데, 이만하면 성공이었다. 그러니 언젠가 결혼식을 준비할 독자들에게 알려 주는 팁을······. 그런데 잠시만, 말은 바로 해야겠다. 우리나라에서 결혼'식'이 과연 예비부부가 선택할 수 있는 문제인가. 아무리 철저한 계획을 세웠다 할지라도 오지랖의 힘 앞에 무너지기 마련이지 않은가.

"그래도 예물은 준비해야지" "친척 A네는 결혼식 때 하객 선물도 준비했다던데" 등등. 결혼식이란 부모와, 그 부모에게 훈수를 두는 부모 지인들과, 사돈의 팔촌을 아우르는 오지랖 유니버스에 속한 영역이기에 부부는 거대한 자연재해와 마주한 느낌을 받곤 한다. 하지만 어쩌겠는가. 그럴수록 준비하고 원칙을 정하고 의지를 다져 나가는 수밖에 별 도리가 없다. 그래서 풀어 보는 우리 부부의 결혼식 준비 이야기.

신성한 결혼식은 돈 이야기로 시작해야 한다. 결혼식은 돈과의 싸움이다. 돈 나갈 곳투성이다. 집 사는 데 한 뭉텅이, 살림살이를 채우는 데 또 한 뭉텅이가 나간다. 예식장도 빌리고, 수백 명의 식사비까지 하면 몇 백, 몇 천은 우습게 사라진다. 결혼할 당시 직장생활 4~5년 차 정도라 모아 놓은 돈이 어느 정도 있던 우리 부부도 여러모로 자금이 부족했다. 모은 돈, 빌린 돈을 합쳐 놓고 머리를 맞댄 채 고민을 거듭했다. 해결책은 크게 두 가지 방향으로 좁혀졌다.

첫 번째는 모든 요소에 자원을 골고루 배분하는 전략

이었다. 집, 살림살이, 예식장, 예물, 신혼여행 등 각 분야에서 최악을 피하는 쪽으로 준비하는 것이다. 어느 하나 완벽히 마음에 드는 건 없지만 큰 불만은 생기지 않을 수 있다. 양가 식구와의 마찰도 적을 것이다. 하지만 독립적인 기질이 강하고 취향이 뚜렷한 우리 부부에겐 맞지 않는 방법이었다. 두 번째는 힘을 몰아줄 부분을 정한 다음, 나머진 눈 딱 감고 포기하는 것. 우린 후자를 택했다. 자원을 1차로 쏟아넣기로 한 곳은 '집'이었다.

"우리가 대한민국 서울의 집주인이 되다니!"
 열아홉 살 이후로 전세만 10여 년을 산 끝에 내 소유의 집이 생긴 감격을 뒤로하고 보니 예상대로 다른 데 쓸 돈이 상당히 줄어들었다. 가구, 가전 등은 최소화했다. 정확히 말해, 없으면 생활이 곤란한 것만 구매하기로 했다. 아내가 바닥에선 못 자니 침대를 구입했다. 가스레인지와 냉장고, 둘이 함께 앉을 소파, 커피 테이블, 서랍장을 샀다. 그리고 끝났다. 식탁은? 없습니다만 커피 테이블에서 먹으면 됩니다. 티브이는? 자취할 때 쓰던 15인치 미니 티브이를 가져왔습니다. 티브이 대신 책을 읽으며 살면 되겠죠. 이런 식이었다.

텅 빈 집 안에 가구 몇 점만 놓인 풍경을 보며 "꼭 모던 카페 같아서 멋있다. 집도 넓어 보이고 말이야"라고 말했 더니, 아내는 인상을 찡그리며 "쓸데없는 소리 말고 열심히 돈 모으자"라고 답했다. 아내는 언제나 그렇듯 진취적이다. 불편을 감수하며 하나씩 마련해 가는 것도 인생의 재미라 고 생각했다.

결혼식은 하우스 웨딩으로 진행하기로 했다. 진짜 집 에서 하는 건 아니고, 비교적 작은 공간에 소규모의 하객을 초청하는 웨딩 방식이었다. 마음 같아선 30명 정도만 불러 조촐하게 하고 싶었지만, "조그맣게 할 거라 꼭 오실 필요 없어요. 마음만 받을게요"라며 청첩장을 안 줄 수도 없는 노릇이었다. 올 사람 숫자를 아무리 빼도 양가 식구와 친구 들을 합쳐 300명 가까이 됐다. 이대로는 안 되겠다 싶어 아 내와 함께 발품을 팔아 당시 하우스 웨딩계의 후발 주자인 신생 예식장을 찾았다. 선발 주자가 아닌 만큼 콧대가 높지 않고 소통이 쉬울 것 같았다. 다행히 실제로도 그랬고, 최 소한의 옵션으로 결혼식을 준비했다. 옵션에서 뺀 목록은 다음과 같다.

1. 폐백: 한복을 입고 인사를 주고받는 것 같던데, 자세히 알아보지 않고 그냥 뺐다.

2. 웨딩 촬영: 어차피 보지도 않을 것 같아 안 찍었다. 결혼식장에서 찍은 스냅 사진이면 충분했다.

3. 예물: 양측 모두 하지 않기로 했다. "조금은 해야 하지 않을까"란 의견이 나왔으나 필사적으로 막았다.

4. 반지: 결혼식 때 반지 교환 퍼포먼스를 위한 가장 간단한 것을 샀다.

5. 예복: 둘 다 빌렸다. 예복 담당자가 "남자분들은 정장식으로 맞추면 나중에 또 입기도 하니까 이 기회에 구매하셔도 좋아요"라고 권유했지만 정중히 거절했다.

6. 꽃 장식: 최소한의 장식을 택했다. 결혼식 후 하객들이 가져갈 수 있도록 포장해 주는 서비스 등 다양한 옵션이 있었으나 모두 거절했다.

7. 기타: 케이크, 웨딩 도우미 등 갖가지 옵션을 전부 뺐다.

하객 식사에는 나름대로 투자했다. 축하하러 온 사람을 위한 최소한의 성의이기에 무턱대고 미니멀리즘으로 할 수는 없었다. 코스를 살펴보며 직접 음식을 먹어 보기도 했다.

"양식 메뉴 7만 원짜리로 할게요."

"네. 술은 어떻게 할까요? 소주와 맥주는 기본이고 와인도 준비하셔야죠?"

"와인은 잔으로 따라 주실 수 있나요? 테이블 위엔 두지 않고 더 달라는 분만 따로 서빙해 주시고요."

"알겠습니다. 잔치국수도 하셔야죠?"

"양식에 갑자기 국수요?"

"어르신들은 국수를 찾으시거든요."

"아녜요. 괜찮습니다."

결혼 준비는 '무한선택 지옥'이다. 겨우 하나를 결정하면 다시 두 개의 옵션이 등장하는 마술이 펼쳐진다. 수십, 수백 가지의 선택 지옥에서 살아남으려면 원칙이 필요하다. 귀찮다고 대충 결정했다간 부부 사이에 갈등이 생긴다. 행복하고자 하는 결혼식의 수단과 목적이 바뀌는 일이다. 우리는 '미니멀리즘 결혼식' '깔끔 담백 결혼식'이란 원칙을 정해 놓고 몰려오는 선택 무리에 대항했다. 꼭 해야 하는 것에만 집중해 잘 해냈기에 우리 부부의 결혼식 자체 평가는 성공!

우리처럼 독립적 성향에 취향 강한 예비부부가 있다면

원칙 정립, 선택과 집중 전략을 사용해 보시길. 고작 결혼식에 무슨 전략까지 필요하냐 하겠지만, 글쎄요. 생각보다 쉽지 않답니다.

친구 S는 본인 집에 친한 친구들만 불러 진짜 '하우스 웨딩'을 했다. 친척들은 따로 식당을 빌려 식사로 대신하고, 결혼식엔 50명 정도의 친구만 초청했다. 나도 갔는데 정말 좋았다. 참석한 사람들이 차례차례 돌아가며 결혼식의 주인공에 대한 추억을 공유한 후 오순도순 대화를 나눴다. 친구 앞에 펼쳐진 인생 2막을 진심으로 축하했다. 만약 우리 부부가 결혼식을 다시 한다면 이렇게 하고 싶었다.

우리 부부의 독립적이면서

비독립적인 경제생활

부부간의 경제권에 대해서는 할 말이 없다. 가정 경제는 매우 중요하다. 돈이 없으면 다툼도 생기기 마련이다. 인간이란 욕심이 있는 존재이기에 아무리 부부 사이라도 돈 문제는 정확히 정리해야 한다. 참고로 말하면 다른 부부들의 경제권에 대한 작은 상식조차 없이 쓰는, 순전히 우리 부부의 이야기다. 내가 아는 부부 경제권은 이뿐이기에 비현실적이라도 어쩔 수 없다.

경제권에 대해 할 말이 없는 가장 큰 이유는 나와 아내가 월급 통장을 합친 적이 없기 때문이다. 둘 다 직장생활을 하기에 가능한 일인데, 셰어하우스의 룸메이트처럼 공통 비용으로 일정 금액을 내고 나머진 알아서 관리한다. 함께 살면서 생기는 비용을 나눠 낸다. 비용 리스트를 펼쳐 놓고 모든 금액을 반씩 내는 '산술적 반띵'은 아니고, 돈 나가는 덩어리를 하나씩 맡아 부담하는 '거시적(?) 반띵'이다. 쉽게 말해 '이건 내가 낼게. 저건 네가 내'인 것이다.

대출 상환금과 이자는 내가 낸다. 매년 연말에 통장을 오픈하며 우리가 올해 얼마를 갚았는지 알려 준다. 반면 장을 보거나 외식 때 드는 비용 등은 아내가 낸다. 멋진 레스토랑에서 데이트를 한 후 늘 "여보, 여기 영수증. 계산해"라고 말해야 하는 통에 폼이 안 나는 것 빼곤 문제가 없다. 공통비 외에 남은 돈을 용돈처럼 마음대로 쓸 수 있는 건 아니다. 각자 통장에서 일정 금액이 이체되는 용돈 통장이 있어 그 비용만 자유롭게 쓸 수 있다. 수식으로 그리면 아래와 같다.

둘의 수입 = 공통 비용(생활비, 세금 등) + 개인 용돈 + 잔여 저축액

"제일 쉬운 방법이잖아. 이래서 돈이 모여?"

나름 합리적으로 고안한 방식이라고 자랑했더니 친구

가 답했다. 틀린 말은 아니다. 돈을 얼마나 쓰고 있는지 몰라 사부작사부작 돈 나가기 좋은 시스템이긴 하다. 그리하여 보완책으로, 내가 짠돌이 역할을 맡고 있다. 부엌에 못 보던 예쁜 냄비가 있다. 딱 봐도 비싼 브랜드. 못해도 20만 원은 넘는 제품이다. 이럴 경우 고리눈을 하고 따진다.

"냄비 언제 샀어?"

"원래부터 있던 거야!"

"그 '원래'가 정확하게 언젠데."

"그⋯⋯저께부터 있던 거야."

잡았다, 요놈! 아내는 일부만 사실인 '실체적 거짓말'을 할 때면 눈에 초점이 흐려진다. 아내는 도망가고, 난 잔소리 공격을 퍼부으러 쫓아가고 난리가 난다.

물건 보는 눈이 예민한 아내는 작은 것 하나를 사도 퀄리티 높은 제품을 고집한다. 연예인들이 침실에서 쓴다는 독일산 공기청정기(난 수십만 원이 싼 국산을 주장했다), 소형이라더니 결코 작지 않은 최고 성능 에어프라이기(클수록 유용하단다)까지. 마감부터 재질까지 촘촘히 따지다 보니 뭘 사도 비싼 제품을 고른다. 자기 말로는 저렴한 물건을 사서 금세 망가질 바에야 제대로 된 것을 사서 오래 쓰자고 하지만,

그 '제대로'가 자주니까 문제인 것이다. 나는 장부에 코를 박은 채 돋보기 안경 너머로 눈동자를 올리는 스크루지 영감의 자세로 "얼마짜리라고? 안 돼" 하며 반대를 거듭한다. 아내가 하도 투덜대서 이제 짠돌이 역할 안 하겠다고, 원하는 물건을 마음대로 사라고 했더니 아내는 그 역시 반대한다. "물론 듣긴 싫지만 오빠가 스크루지 역할을 해야 우리 집의 균형이 맞춰지는 거라고. 계속 역할을 해 주세요." 요즘도 난 짠돌이 역할을, 아내는 툴툴대는 역할을 하며 가정 경제는 지켜지고 있다.

경제권에 대해 할 말이 없는 또 다른 이유는, 우리 부부가 서로에 대해 이타적이기 때문이다. 아내가 쓰는 돈이 많아도 내가 기분 나쁘지 않고, 반대의 경우도 마찬가지다. 당연한 이야기 아니냐며 심드렁할 수도, 책 쓰려고 비현실적인 이야기 지어낸다고 냉소할 수도 있겠지만 사실이다. 운이 좋아 평범한 경제 수준을 누리는 우리 부부지만 한때 돈이 부족해 시름에 잠긴 시절도 있었다. 아내의 미국 MBA 유학 시절로, 학비에 체류비까지 몽땅 준비하려니 허리가 휘었다. 당시엔 결혼 초라 모아 둔 돈도 거의 없었다. 일상생활의 모든 비용을 줄여야 했다. 평소 7천 원짜리 밥을 먹었다면 5천 원짜리로 바꾸는 식. 하지만 평소의 돈 쓰는 수준을 줄인다는 게 쉽지가 않았다.

불편해진 난 아내에게 툴툴댔던 것 같다. 당시는 잡지기자로 일하며 하루하루가 정신없을 때라 아내에게 어떻게 대했는지 정확히 생각나진 않는다. 기억나는 건 스튜디오에서 촬영을 하다 말고 문득 그날 아침의 아내 표정이 떠올랐다는 사실이다. 미안하면서도 주눅 들어 있는 표정. 나도 힘든데 본인은 얼마나 힘들었을까. 부부 중 한쪽이 불행한데 다른 한쪽이 행복할 수 있을까. 둘의 행복은 긴밀하게 연결돼 있는데.

곧바로 아내에게 전화해 미안하다고 했다. 그날 이후로 이기적인 마음은 완전히 사라졌다. 아내가 갑자기 베이킹에 취미를 붙이는 바람에 프랑스제 쿠키틀 등 각종 기구를 지를 때조차 '또 다른 내 자아'가 돈을 쓴다고 생각하며 고개를 끄덕였다.

사업 파트너는 서로에 대한 배려가 없으면 계약서를 촘촘히 쓴다 해도 갈등이 생기기 쉽다. 계약서 속 일정은 온갖 상황으로 미뤄지고, 작업물의 퀄리티에 대한 예상치도 각자 다르다. 계약서를 열 장을 쓰든 백 장을 쓰든 인간

사에 벌어질 모든 요소를 다 써 넣을 순 없고, 결국 빠진 그 하나에서 문제가 생기고 만다. 부부의 경제권도 비슷하다. 남편 혹은 아내 한쪽이 전담하든, 각자 독립적으로 하든 믿음과 배려가 바탕이 돼야 문제가 없다. 무엇보다 완벽하지 않다고 계약서를 안 쓰는 것은 아니듯, 부부 경제권을 정하는 맞벌이 부부라면 공통비와 개인 비용을 나누는 방식을 고민해 보도록.

개인주의 부부가 전하는

여행의 기술

"오빠, 여기 진짜 충격적으로 재미없다."

"무슨 소리야? 이곳이야말로 '호모 사피엔스'가 탄생한 장소라고."

대화를 나누는 곳은 스웨덴 웁살라. 나와 아내는 오랫동안 꿈꿔 온 북유럽 여행 중이었다. 웁살라는 스칸디나비아반도에서 가장 오래된 대학인 웁살라대학교가 있는 도시이며, 노벨상 수상자를 몇 명이나 배출한 학문의 성지다. 무엇보다 놀라운 점은 카를 폰 린네의 집이 바로 이곳에 있다는 사실이다. 린네가 누구인가. 종속과목강문계란 생물학 분류를 처음 만들어 지구 모든 생명체에게 자기 자리를 찾아 준 학자, 신의 대리자였던 인간을 호모 사피엔스라 이름 지으며 생명 공동체의 일원으로 끌어내린 인문주의 대스타가 아닌가. 여행 일정 열흘 중 하루를 온전히 웁살라에 쏟아도 아쉬움이 없는 것이다.

"그게 뭐?"

린네고 뭐고 시끄럽다며 아내가 힐난했다. 실제로 웁살라의 거리는 한가했다. 웁살라는 대학 도시로, 우리가 찾아갔던 방학 시즌엔 도시 자체가 텅텅 빈다는 것을 현지에 가서야 깨달았다. 볼거리라곤 오래된 건물과 정원뿐인데, 알다시피 유럽 어디에나 있는 풍경이었다. 동네 사람 몇 명만이 하이킹을 하고 있었다. 식물원은 상황이 낫겠다 싶어 아내를 데리고 린네 식물원으로 향했다. 식물원은 더 재미없었다. 린네의 기록물을 가리키며 아내에게 말했다.

"이것 봐. 생명체를 속명과 종명 두 단어로 부르는 '이명법'도 린네가 만들었대."

"오빠 똥멍청이야"

우리는 여행 취향이 다르다. 난 한곳에 오래 머무르며 유유자적 동네를 거니는 것을 좋아한다. 카페나 공원의 조용한 귀퉁이를 찾아 분위기를 '흡수'한다. 역사 마니아라 역사적 스폿을 찾아 의미 부여를 하며 희희덕거리기도 한다. 반면 아내는 돌아다니는 스타일이다. 주로 쇼핑 스폿과 미술관을 좋아한다. 함께 갔던 뉴욕 여행을 예로 들면, 아내는 쇼핑의 메카라는 5번가를 여행 중 세 번이나 갔다. 백화점과 가게뿐인데도 말이다. 애당초 난 번잡한 뉴욕 자체가 마음에 안 들었다. 그나마 브루클린은 즐길 만했다. 윌리엄스버그 벼룩시장에서 유니크한 아날로그 감성을 느끼는 나를 보면서 아내는 "구린 것만 파네"라며 놀렸다.

"여긴 벼룩시장이야. 손때 묻은 낡은 걸 파는 것이 본질이라고."

"빈티지와 낡은 건 다르거든. 안 쓰는 물건 가져와서 파는 개라지garage 세일 같은데."

벼룩시장 쇼핑 내내 브루클린 감성을 해치는 아내를 쫓아내던 기억이 생생하다.

고백하자면 여행지에서 크게 싸운 적도 몇 번 있다. 우리는 둘 다 직장인이다. 겨우 시간을 내 떠난 여행인데 기대대로 되지 않으면 화부터 나기 십상이었다. 쇼핑이나 미술관에 시간을 쏟을 땐 내가 불만스럽고, 기껏 유럽까지 왔는데 정원 벤치에서 한나절을 보내면 아내가 샐쭉했다. "다시 같이 여행 안 와. 이럴 거면 여행 따로 다녀"라며 헤어졌다가, "어디야? 배 안 고파?" 하며 다시 만난 적도 여러 번이다. 그런 일을 겪으며 소중한 여행을 둘 다 행복하게 만끽하는 법이 무엇일지 고민했다.

시작은 상대의 취향을 인정하는 것이었다. 난 아내가 여행 중 백화점이나 쇼핑몰을 찾는 행동을 이해하지 못했다. 글로벌 브랜드가 다수인데 외국까지 가서 백화점을 갈 필요가 있냐는 게 내 생각이었으나, 아내의 말을 들어 보니 꼭 그렇지만은 않았다. 한국에 없는 브랜드도 있고, 같은 브랜드라도 파는 제품이 달랐다. 디스플레이도 도시마다 특색이 있으며 그 미묘한 차이를 즐기는 것 역시 여행의 재미라고 말했다. 하긴, 내 논리대로라면 파리 뤽상부르 공원이나 서울 올림픽 공원이나 다 같은 공원이다.

취향은 인정했으나 좋아하지 않음은 어쩔 수 없는 일. 우린 여행에 대한 대협정을 이뤘다. 격년 단위로 한 번은 함께, 다음 해는 따로 여행하기로 한 것이다. 우리 부부는 취향이 확고해서 한 사람은 매우 원하지만 다른 한 사람은 싫어하는 여행지도 있다. 예컨대 난 미국 여행을 별로 원치 않는다. 아내는 아시아보다는 서구권에 관심이 높다. 한편, 프랑스처럼 두 사람 모두 가고 싶어 하는 곳도 있다. 혼자 여행 가는 해엔 자기가 원하는 곳, 함께 갈 땐 둘 다 원하는 곳으로 가면 행복하게 여행할 수 있다.

함께 여행 갔을 때도 2~3일은 각자의 시간을 갖는다. 보통 열흘의 일정을 잡으니 여행의 20퍼센트 정도다. 아침에 헤어져 각자 원하는 일을 충분히 즐긴 후 저녁에 만난다. 아내는 쇼핑이나 미술관 투어를 하고, 난 보통 공원에서 책을 본다. 파리에서 혼자만의 시간을 부여받았을 땐 뤽상부르 공원으로 향했다. 공원 의자에 누워《프랑스 혁명사》를 읽고 싶었다. 몇 장 넘길 무렵 빅밴드의 야외 공연 소리가 들려왔다. 트럼펫 소리가 허공을 가르더니 꽉 찬 연주 소리가 쏟아져 들어왔다. 새파란 하늘과 새초록 공원에 재즈라니, 이렇게 완벽할 수가. 저녁에 아내랑 밥을 먹으며 그날 하루 각자가 겪은 여행 경험을 조잘댔다. 다음 날 함께 가기로 한 클로드 모네 집 투어가 기대됐다.

"혼자 걸으면 더 빨리 갈 수 있다. 하지만 둘일 경우에는 더 멀리 간다"는 아프리카 속담처럼 둘이 함께 여행하는 것이 즐겁다. 내가 본 풍경을 아내에게 보여 주고 싶고,

아내 역시 혼자 간 좋은 장소엔 함께 가자고 재촉한다. 결국 우린 함께 여행을 즐기는 것이다. '무조건 붙어 있어야 한다'라는 기술적인 문제를 해결하니 더욱더.

좌충우돌

동경기

이 글은 여행 가서 아내랑 크게 다툰 이야기이자, 내가 바보 된 이야기다. 두 사건은 인과관계는 아니지만 상관관계는 있다. 세상에서 제일 재밌는 이야기가 남이 싸운 이야기, 그다음은 남이 바보 된 이야기이니 싸운 다음 바보 된 이야기는 무엇보다 재밌을 터. 몇 년 전 사건이지만 굳이 꺼내 알려 드린다.

아내와 함께 간 두 번째 일본 여행에서의 일이다. 개인적으론 네 번째 일본행이었고, 관광용 일본어는 할 수 있다고 여겼기에 조금은 특별한 여행을 계획했다. 이른바 도쿄 로컬 여행. 도쿄타워니 뭐니 관광객이 많이 가는 곳은 피하고, 철저히 로컬 경험을 해 보자는 취지였다. 대충 아래와 같은 일을 하기로 했다.

1. 우에노 동물원에서 한가롭게 유람한다.
2. 재래시장 아메야요코초에서 활력을 만끽한다.
3. 후지산 벽화가 있는 대중 목욕탕에서 몸을 녹인다.
4. 우연히 발견한 숨은 맛집에서 생맥주를 마신다.

일본 여행을 두고 사람들은 두 종류로 나뉜다. 첫째, 아무렇지 않은 사람. "일본? 우리나라랑 비슷하지 않아? 음식은 맛있겠네." 둘째, 만화와 영화로 일본을 접하고 표현하기 힘든 정취를 캐치해 내는 사람. "시티헌터! 기치조지! 나마비루! 하야쿠 이쿠조." 나는 후자에 속한다. 안타깝게도 아내는 전자다. 애초에 아내는 일본 여행에 별 흥미도 없었기에 여행 계획은 거의 내가 짰다.

그런데 숙소부터 잘못 잡았다. 아내가 원하는 기준은 만족시켰다. 주요 여행지에서 가까워 교통편이 편리하고, 안전이 보장되는 큰 호텔. 다만 호텔방 크기가 신비로울 정도로 작다는 게 단점이었다. 어찌나 작은지 깨끗한 고시원에 들어간 기분이었다. 2인용 침대가 놓인 부분을 제외하곤 거의 공간이 없다시피 했다. 답답하다며 끙끙대는 아내에게 일본 사람들은 좁은 데서 산다며 로컬스럽지 않냐고 농담했더니 냥냥 펀치가 날아왔다. 숙소가 좁으면 어떠랴. 여행지의 여유는 거리에서 느끼는……

거리도 빽빽했다. 5월 초 어린이날이 낀 황금 연휴를 맞아 여행 온 것인데, 하필 일본도 (남자)어린이날이었다. 도쿄 곳곳은 가족 나들이객으로 장사진을 이뤘고, 가게 하나 들어가기 쉽지 않았다. 게다가 엄청나게 더웠다. 지하철로 특정 지역에 도착해 그다음은 발길 가는 대로 향하자는 계획에 큰 차질이 생겼다. 너무 빽빽하니 짜증이 났고, 우연히 발견한 음식점은 맛이 없었다. 신주쿠, 하라주쿠 등 중심가를 둘러본 첫날이 끝난 다음 날, 아내는 쇼핑이나 하자고 했고 난 다른 거리를 누비자고 했다.

"오빠는 재밌어? 이게 고생이지, 무슨 여행이야"

여행이란 자고로 벌어지는 모든 일을 사건처럼 받아들이는 데 있다는 내 설명은 아내에겐 빛 좋은 개살구로 여겨질 뿐이었다. 긴자 어딘가를 둘러보다가 우린 결국 싸우고 말았다. 우리 부부의 스타일대로 그날 하루는 따로 여행하기로 했다.

"난 오늘 일본 대중탕에 갈 건데 진짜 같이 안 가? 일본에서 유명한 대중탕이야."

"대중탕에 뭐 있는데?"

"목욕탕이 있지."

"우리 동네 홍제탕처럼?"

"그렇게 생각하면 안 되지."

로컬 정취도 모르는 아내 같으니. 속으로 구시렁대며 난 목욕탕, 아내는 일본 백화점 투어를 떠났다.

일본 대중탕을 '센토'라고 부르는데, 목욕탕 벽에 선명한 원색으로 그린 우키요에 그림으로 유명하다. 내가 가려는 곳은 《고독한 미식가》의 작가 구스미 마사유키가 목욕탕 유람기 《낮의 목욕탕과 술》에서 일본 최고로 추켜세운 대흑탕(다이코쿠유)이었다. 그의 표현을 빌리자면 "목욕탕을 좋아하는 사람이라면 반드시 한 번은 가 봐야 할 목욕탕 중의 목욕탕"이라고 했다. 구글맵으로 가는 길을 확인하고 지하철에 몸을 실었다.

'이 풍경 뭔가 이상하다. 위험해!' 역에서 내려 골목에 들어서자마자 위화감을 느꼈다. 사람이 없어도 너무 없었다. 평일 낮 시간이라고 해도 여긴 수도 도쿄였다. 지하철을 탄 우에노역엔 사람이 바글바글했는데 골목에서 꺾는 순간 이세계異世界로 들어선 것 아닐까? 마침 목욕 바구니를 흔들며 걸어가시는 할아버지 한 분을 발견했다. 저분도 대흑탕에 가시는구나. 따라가야겠다. 할아버지는 점점 좁은 길로 들어가셨다. 역시 진짜배기 로컬은 관광객의 시선마저 피하는 장소에 있구나 싶었는데, 그게 아니라 목욕탕을 잘못 찾아온 것이었다.

내가 가려던 곳은 다이코쿠유(대흑탕大黑湯)였는데 실제 검색한 곳은 다이코쿠유(제국탕帝國湯)였다. 제국탕은 순도 100퍼센트의 동네 주민용 목욕탕이었다. 제국탕의 유일한 직원인 할머니 한 분이 입장도 시키고, 남탕과 여탕 관리도 함께했다. 할머니가 계신 입구 사무실 구조가 굉장히 신기했는데, 사무실에 세 개의 창이 각각 입구, 남탕, 여탕으로 나 있어 필요에 따라 고개를 내밀고 대응하는 구조였다.

목욕탕에 발을 담근 순간 비명이 나올 뻔했다. 지옥처럼 뜨거웠다. 게다가 탕이 정말 작아서 함께 몸을 담근 일본 할아버지들이 코앞에 있었다. 얼굴을 보고 있자니 민망했다. 조금 시간을 보내다가 얼른 나왔다. 동네는 완전한 주택가였다. 겨우 찾은 식당은 체인점 스기야(일본판 김밥천국).

점원은 병맥주만 판다고 했다. 우리 집 앞 편의점에서도 파는 그 맥주였다. '여긴 어디? 나는 누구?'의 심정으로 숙소로 향했다.

아내는 나름대로 알찬 일정을 보내고 기분이 좋아져 있었다. 일본 유명 백화점을 탐방하며 독특한 특징도 발견하고, 각 브랜드의 일본에만 있는 제품 라인도 살피며 재밌게 보냈다고 했다. 조잘대는 아내를 보자 기분이 애틋해졌다. 그래, 여기가 내 공간이다.

"내일은 같이 여행 다니자."

"누구 마음대로? 난 싫은데."

맞는 게

하나도 없네

부부라면 둘 사이에서만 자주 쓰는 말이 하나 정도는 있을 텐데, 우리 부부의 경우는 "맞는 게 하나도 없네"다. 누구나 스스로 이러저러하다 여기는 자기만의 특징이 있다. 그건 취향일 수도, 능력일 수도 있다. 내 특징을 말하자면 단맛은 좋아하지만 신맛은 싫어한다. 과일로 따지자면 귤은 물론 포도도 셔서 꺼린다. 취미는 독서다. 집중력이 높은 편이라 《죄와 벌》 같은 긴 고전문학도 어렵지 않게 읽는다. 과묵한 성격이라 어릴 적부터 부모님과 친척에게 '애는 참 말이 없다'는 소리를 자주 들었다. 처음 아내를 만나

연애할 때엔 카페에 앉아 몇 시간이고 서로의 특징에 대해 이야기했다. 비슷한 면을 발견하면 반가워하고, 다른 면은 신기해했다. 그러면서 서로를 점점 알게 되고 마침내 결혼해 한집에서 살게 됐는데……

"오빠가 말한 건 하나도 맞는 게 없네."

어느 날, 식탁에 남은 귤껍질을 보고 아내가 말했다. 자기가 먹으려고 사 온 귤을 밤사이 내가 홀랑 다 먹어 놀란 모양이었다. "신맛 싫어한다며. 귤도 안 먹는다며!" 민망하다. 하지만 나도 할 말은 있다. 신맛을 싫어한다고 했지, 절대 못 먹는다고는 말 안 했다. 무엇보다 애초에 한밤중 간식으로 다른 선택지가 없었던 탓이 크다. 남편 다이어트 시킨다고 아내는 초콜릿이나 쿠키 같은 주전부리를 전혀 집에 두지 않았다. 너무 늦은 시간이라 본격적으로 야식을 먹을 수도 없어 고민하던 차에 눈에 들어온 게 식탁 위의 귤이었다. 입에 슬쩍 넣어 본 귤은 시면서도 살짝 단맛이 있었다. 신맛이 없다고 자기 최면을 걸자. 그러면 달기만 한 귤이 되는 것이다. 이것이 바로 정신의 승리이며, 귤을 다 먹은 이유다.

그런데 먹다 보니까 신맛에 나름의 쾌감이 있었다. 특

히 산뜻한 시트러스향에서 은근한 매력을 느꼈다. 이후로 슬슬 귤을 먹기 시작했다. 아내에게 말했다. "그래도 내가 신 것 먹을 때 눈이 찡그려지거든. 근본적으로는 신맛을 싫어한다는 증거가 아닐까." 아내는 신맛을 좋아하는 사람도 눈이 찡그려지는 자극은 받는다, 오빠는 단지 참을성이 너무 없을 뿐 신맛을 못 먹는 사람이 아니라고 했다. 듣고 보니 아내의 분석이 정확했다. 신맛을 싫어한다는 것은 나에 대한 오해였다고 반성하자 아내는 또 물었다. "오빠가 결혼 전에 이야기한 게 틀린 게 한둘이 아니야. 책 좋아한다면서? 좋아하는데 왜 전혀 읽지 않는 거야?"

정확히 말하면 책 속에 담긴 이야기를 좋아했던 것 같다. 집과 학교를 쳇바퀴 돌 듯 오가던 청소년 시절, 책이 전하는 이야기는 환상적이었다. 알약을 삼키기만 하면 행복해지는 이상한 유토피아, 과거와 현재가 연결되는 타임슬립. 이야기 세상에 푹 빠졌다가 나오면 세상이 조금은 달라 보였다. 꽉 닫힌 갑갑한 방에서 창문을 열었을 때 들어오는 시원한 한 줄기 바람. 내게 책이란 그런 존재였다.

문제는 시대가 변하면서 '시원한 바람'이 책 말고도 많아졌다는 것이다. 넷플릭스, 왓챠 같은 OTT 서비스도 많고, 웹툰도 재밌고, 게임도 재밌다. 재밌는 스토리가 널려 있다 보니 전만큼 책에 손길이 가지 않는다. 물론 영상이 주는 매력과 책이 주는 매력은 결이 다르다. 밀란 쿤데라의 소설 《참을 수 없는 존재의 가벼움》은 책으로 봐야 아이러니한 결을 온전히 만끽할 수 있다. 하지만 그 오묘한 '결'이 필수는 아닌걸. 넷플릭스에 찜해 둔 드라마가 한 트럭이다. 결은 나중에 누리기로 하자. 이런 과정으로 독서가 미뤄지고 있는 것이다. 내 설명을 끝까지 들은 아내는 사귈 때 한 말이 다 틀린데 변명은 왜 이리 기냐고 반문했다. 역시 타당한 물음이다.

결혼생활을 하다 보면 '내가 아는 나'와 '상대가 바라보는 나'가 크게 다를 수도 있다는 것을 깨닫는다. 다시 말해, 스스로 파악하는 자기상이 객관성은 별로 없다는 점이다. 나는 결혼하기 전까지 내 성격이 느긋한 편인 줄 알았다. 자주 화내거나 싸우지 않는 성격이라 여겼다. 반만 맞고 반은 틀린 자기 파악이었다. 함께 생활하는 아내의 피드백에 따르면, 나는 화만 안 낼 뿐 싫은 기색은 다 드러내는 사람이었다. 말투나 행동에서 쿡 찌르는 나만의 공격법이 있다고 했다. 돌이켜 생각해 보니 사실이었다. '화를 내지 않는다'는 점만 내세우며 스스로 너그럽다고 여겼으나, 내가 하는 것처럼 똑같은 짓을 당한다면 나 역시 마음이 불편해질 것 같다. 결국 난 너그럽진 않은 셈이다.

잡지 기자로 일하던 시절, 인터뷰를 하고 나면 녹음본을 들으며 글로 옮겨 적었는데, 어느 날은 음성파일 속 내 말투를 듣고 깜짝 놀란 적이 있다. 상대의 말투를 잘라먹는 습관을 발견한 것이다. 상대가 말을 채 끝내지도 않았는데 기자인 난 머릿속에 떠오르는 질문을 먼저 던졌다. 나조차 짜증이 나는데 상대는 어땠을까. 그 후로 대화법에 관한 책을 읽는 등 스스로 말투를 고치려고 노력했다. 마찬가지로 결혼생활도 비슷하다. 아내와 함께 지낸 10여 년의 세월은 잘못된 자기 인식을 고치고 수정하는 긴 과정이었다. 아내의 피드백을 받으며 잘못 파악하고 있던 많은 것을 알아챘고, 최대한 노력했으며, 일부는 겨우겨우 고쳤다. 고쳤다는 것도 피드백을 받아 봐야겠지만.

며칠 전 어머니에게서 연락이 왔다. 초등학생 시절 내 생일을 녹화한 비디오를 디지털 영상으로 복원했다는 소식이었다. 사진은 자주 봤지만 긴 영상물은 본 적이 없기에 기대됐다. 어머니에게 영상 파일을 받아 아내와 함께 시청했다. 난 과거의 나를 보며 미국 코미디 배우 짐 캐리를 떠올렸다. "엄마, 이거 봐라" "아빠, 저거 봐라" "애들아, 쌔쌔쌔"
어찌나 정신없고 말이 많은지. 어린 시절의 나님, 말 좀 그
만해 주세요.

　　"오빠, 어릴 적에 과묵했다며."

　　"이쯤 되면 나도 모르겠어. 맞는 게 하나도 없네."

우리 부부는

각방을 쓴다

결혼 1년 후부터 우리 부부는 각방을 쓰기 시작했다. '당신 대체 왜 그래? 더 이상 같이 못 자겠어. 우리 각방 써!' 이런 치열한 다툼 끝에 그런 것은 전혀 아니고, 그저 생활의 편의를 위해 자연스레 각자의 방에서 자기로 결정한 것이다. 결혼 시작부터 '이럴 때'를 대비해 각자의 방과 침대를 마련해 뒀다.

'이럴 때'는 바로 수면 습관이 안 맞을 때다. 아침형 인간인 아내는 밤 열한 시만 넘어도 졸려서 아무것도 못 한다. 퇴근 후 소파에서 함께 티브이를 보다가 아내가 갑자기 조용해져서 보면 꾸벅꾸벅 졸고 있다. 반면에 올빼미족인 난 새벽 한 시 전엔 못 잔다. 침대에 누워도 천장만 응시하며 시간을 보낸다.

　더 큰 문제는 수면 시점보다 조건이다. 아내는 문을 닫고 불도 몽땅 끈 후 방 안이 고요해야 잠들지만, 난 그 상황이 무덤에 갇힌 듯 답답하다. 캄캄한 적막 속에서 어찌 자는지 이해할 수 없다. 난 번잡한 환경, 그러니까 BGM으로 티브이 소리가 들리고 방문은 활짝 열려 있으며 조금 추워야 비로소 잠에 빠진다.

"오빠, 문 닫아."

"갑갑하니까 조금만 열게."

"아이패드 불이 너무 밝아. 꼭 잘 때 봐야 해?"

"조금만 보다가 자면 안 될까?"

　결혼 초기엔 함께 사는 데 눈이 멀어(?) 서로 맞춰 보려 했지만, 알콩달콩 다툰 끝에 결국 포기하고 각자의 방에서 자기로 했다.

　프랑스의 사회학자 장클로드 카우프만은 저서 《각방 예찬》에서 부부가 각방을 쓰는 과정을 이렇게 표현했다.

"충동적인 욕망과 사랑이라는 마법에 의해 그들은 불

편을 감수하고서라도 사랑하는 사람과 가까워져 한 몸이 되기만을 바란다. 불편함 따위 그들에게 별로 중요하지 않다. 그러나 머지않아 곧 '개인'이 다시 고개를 든다. 자신만의 공간을 확보해 혼자 안락하게 있고 싶어진다."

《각방 예찬》엔 '함방(함께 방 쓰기)'을 불편해하는 부부들의 하소연이 수없이 나온다. "남편이 코를 골아요!" "남편이 침대 옆을 어질러서 불편해요" "남편 때문에 잠자는 자세가 망가져요" 등등. 언뜻 들으면 사소한 이유지만 각자의 내면으로 파고들면 모두 치명적인 불편이다. '침대 밖은 위험해'란 말이 말해 주듯, 타인의 까다로운 시선에 시달리지 않는 유일한 나만의 공간이 침대다. 조금 넓게 말하면 내 방이다. 그렇기에 누구나 100퍼센트의 휴식을 바라게 된다. 100퍼센트의 침대 세팅과 수면 온도. 침대에서마저 50퍼센트만 누리라는 것은 상대가 설령 사랑하는 사람이라 해도 받아들이기 힘든 일이다. 결혼은 더 행복하려고 한 것이지, 참고 견디려고 한 것이 아니다. 참고 바뀌어야 할 부분도 있지만 그렇지 않은 근본도 있는 것이다. 그래서 말했다.

"각자의 방에서 자는 게 좋겠어."

"흥! 그래, 나도 바라던 바다!"

장난 반 다툼 반으로 시작된 각방생활은 우리에게 큰 평온을 가져다줬다. 생활의 불만 상당수가 사라지며 속이 뻥 뚫린 기분이었다(혹시 지금 휴대폰을 손에 쥐고 있다면 '개비스콘 짤'을 검색해 보자). 각자의 개인적인 일은 자기 방에서 한다. 저녁 식사, 커피 마시기, 티브이 보기 등은 거실에서 함께한다. 아내는 열 시 반에서 열한 시 사이에 자기 방에 들어간다. 난 따라가서 아내의 잠자리를 돕는다. 목말라하면 물을 한 잔 주고, 침대 세팅을 돕는다. 침대 쿠션 세 개가 저마다의 위치가 있어 제대로 놓는다. 이불을 덮어 주고 굿나잇 인사를 한 후 나간다. 난 내 방에서 영화도 보고 게임도 하며 자유롭게 시간을 보내다가 스르륵 잠이 든다. 모두 행복하고 아무 문제도 없다.

"시간과 사회에 얽매이지 않고 행복하게 자기 방을 누린다는 행위, 이 행위야말로 현대인에게 평등하게 주어진 최고의 치유 활동이라 할 수 있다."(일본 드라마 〈고독한 미식가〉의 명대사를 패러디한 것이다.)

우리 사회에서 각방을 제안한다는 게 여전히 힘든 일이란 것은 알고 있다. 결혼정보회사 듀오에서 2017년 미혼 남녀 225명을 대상으로 설문한 내용을 보면, 미혼 남녀의

40.4퍼센트가 각방을 쓸 의향이 있다고 답했지만, 상대의 각방 요구를 흔쾌히 받아들인다는 응답자는 28.4퍼센트밖에 되지 않았다. 부정적으로 받아들이는 가장 큰 이유가 뭐냐는 질문에 부부 관계가 소원해진 느낌을 받는다고 답했다. 이 결과를 긍정적으로 보면 적어도 각방 요구를 꺼리는 이유가 '느낌 탓'이란 소리다. 만약 당신이 각방을 원한다면 차분한 설득으로 이뤄질 가능성이 있는 것이다. 말재주가 부족하면 유튜브에서 '각방'을 검색해 보자. 행복한 각방생활을 하는 부부 모습이 많이 나오니 보여 줘도 좋겠다.

결혼한 지 10년이 넘으면서 알게 된 건 어느 부부든 마음속에 각자의 고양이 한 마리가 있다는 사실이다. 개인주의 생명체 고양이가 그렇듯 누구나 혼자만의 시간이 필요하다. 그러다가 문득 외로워지면 서로를 찾아 찰싹 붙어 온기를 나누며 행복해한다. 꾹꾹이를 할지도 모른다. 고양이 주인들은 모두 알고 있는 사실이지만, 방금까지 몸을 부비던 고양이가 갑자기 가 버린다고 서운해할 필요는 없다. 이내 다시 찾아올 테니.

결혼한 지 10년이 넘으면서 알게 된 건
어느 부부든 마음속에 각자의 고양이
한 마리가 있다는 사실이다. 개인주의
생명체 고양이가 그렇듯 누구나
혼자만의 시간이 필요하다. 그러다가
문득 외로워지면 서로를 찾아 찰싹 붙어
온기를 나누며 행복해한다.

오지랖은

사양합니다

　　결혼을 앞둔 후배가 청첩장을 나눠 준다며 식사 자리를 마련했다. 나와 두 커플이 함께 있었다. 후배 한 쌍은 곧 결혼할 사이, 다른 한 쌍은 막 결혼한 사이. 대화 주제는 자연스레 결혼생활로 좁혀졌다.

　　"우리 부부는 통장 따로 써."

　　"오! 저희도요."

　　"아이 없이 둘이서 지내기로 했어."

　　"저희도 아직 생각 없어요."

　　세상 참 많이 바뀌었다. 옛날엔 애는 무조건 있어야 한다는 등 전형적인 결혼관이 대부분이었는데, 요즘 부부들은 고정관념이 없다.

한 잔 두 잔 술잔이 오가며 가장 재밌다는 싸움 이야기로 대화가 이어졌다. 여자 후배가 술 한 잔을 비우더니 자기 남편을 욕했다. 그러자 후배 남편은 스스로 부처님 가슴 한 토막이라 자칭했다. 여자 후배는 남편이 화내지 않는다고는 하나 실상은 슬슬 비꼬는 말투로 일관해 오히려 기분이 나쁘다고 했다. 차라리 화내는 편이 속 편하겠다며, 깐죽이는 얼굴을 보면 확 때리고 싶다고 했다. 나는 후배에게 "그래도 바로 곁에 두고 그렇게 말하는 건 너무하지 않아?"라고 물었다. 곁에 있던 남편은 덜덜 떨었고 후배는 으르렁거렸다.

나이가 들며 술자리에서 내 이야기를 하려는 나쁜 습관이 생겼다. "잠시만! 나도! 나도 와이프랑 싸운다고. 글쎄, 우리 아내는 말이야." 두 커플의 부부 싸움 경험담을 듣다 보니 나 역시 이야기에 끼고 싶어졌다. 아내와 다툰 경험을 내게 유리하게 각색해 후배들에게 말했다. 내 잘못은 쏙 빼고 아내의 분노만 부각시켰다. 아내가 들으면 억울하겠지만 어쩔 수 없다. 빌런이 있어야 이야기가 재밌다. 이 자리에 없는 아내가 당연히 빌런이다. 사람마다 부부 싸움을 마무리 짓는 스타일이 다른데, 싸운 당일 날 풀어야 잠잘 수 있는 사람이 있는가 하면, 당일은 감정이 격해 다음 날이 돼야 마음을 추스르는 사람이 있다. 난 원래 '당일에 풀자' 주의였다. 하지만 아내는 '건드리지 말고 내일 보자' 주의였기에 나도 후자로 맞췄다. 크게 다투는 날이면 각자 자기 방에 틀어박혀 있다가 잠이 든다.

"잠깐만요. 선배, 각방 쓰세요?"

후배들이 놀라며 물었다. '각방'이란 용어가 이렇게 살벌하다. 나는 그저 내 방과 아내 방이 따로 있고, 방 안엔 자기만의 침대가 따로 있다고 답했다. 후배들은 그게 바로 각방 아니냐고 반문했다. 아내와의 사이는 괜찮은지 슬쩍 묻기도 했다. "아주 좋아. 아무 문제 없어. 그냥 잠을 따로 자는 것뿐이라고." 후배들은 자기는 그렇게 못 할 것 같다며, 특이하다는 눈치를 보였다. 부부가 침대를 따로 쓰는 게 그렇게 신기한 일인지 깜짝 놀라는 후배들을 보고서야 알았다.

결혼관이 많이 바뀌었다고는 하나 여전히 부부가 각자의 침대에서 자는 것은 낯설다. 어떤 문제의 조짐이라고 여긴다. 결혼 초 주변 사람들에게 우리 부부의 '따로 습관'에 대해 훈계를 들었던 기억이 떠오른다. 우리 부부는 둘 다 취향이 확고한 편이며 자기 취향을 포기하는 것도 싫어한다. 서로에게 피해를 주지 않는다면 기본적으로 각자의 선택을 존중한다. 저녁 약속도 허가제가 아닌 신고제다.

"나 오늘 저녁에 술 약속 있어."

"누구랑?"

"인간하고."

"알겠어. 너무 취해서 오진 말고."

지나치게 늦으면 안 되며 늘 연락이 돼야 한다는 원칙은 있지만, 기본적으론 각자가 원하는 대로다. 각방부터 각저(각자의 저녁)까지 따로 지내는 일이 꽤 있다. 주변에서는 우리의 이런 특성을 보며 우려 섞인 이야기를 하는 경우가 많았다.

우려 첫 번째, 따로 놀면 마음이 멀어진다. 하지만 따로 논 지 10년이 넘었는데 마음은 오히려 더 가까워졌다. 우리 부부는 둘 다 독립적인 영역이 있어야 마음이 놓이는 성격이다. 난 영화나 책을 보거나 게임을 하며 무無소통의 시간을 즐긴다. 아내는 공부하거나 나다니는 일을 좋아한다.

혼자 영어 공부도 하고 체스도 두며, 백화점 나들이도 혼자 간다. 둘 다 집 안에 있어도 각자 할 일을 하는 경우가 종종 있다. 문득 온기가 그리워지면 서로를 찾는다. 상대의 빈자리를 일상적으로 느끼기에 함께 있는 시간은 올곧이 귀중하다. 결론을 내리면, 각자 놀면서 마음이 더 가까워졌다.

우려 두 번째, 그래도 각방은 안 된다. 한 침대에서 자지 않으면 연애 감정이 없어진다고들 한다. 하지만 각방도 각방 나름인 것 같다. 평소 함께 자는 게 잘 맞는 사이인데 싸우고 각방을 쓴다면 문제일 테다. 하지만 우리처럼 부부 합의로 자연스레 쓰는 각자의 방은 별문제가 없지 않을까? 다른 부부의 이야기를 들어 보지 않아 모르겠지만, 우리 부부는 각방과 연애 감정 사이에 상관관계가 없다. 결혼한 지 10년이 된 지금도 아내가 내 어깨에 머리를 대면 가슴이 두근댄다.

위와 같은 우려를 전한 사람들은 모두 진심으로 조심스럽게 말했다. 난 그저 조금 답답했다. 모두 이성적이고 배려심 있는 사람들인데도 편견을 벗어나지 못한 걸까. 아마도 결혼생활 자체의 특성 때문일 것 같다. 결혼은 사람이 살며 겪는 가장 복잡한 인간관계인데도 사전 교육도, 예습도 하지 않고 일단 시작부터 한다. 갖가지 문제가 터지기 십 상이다. '내 불만을 언제, 어떻게 말해야 오해가 없지?' '왜 배우자가 내 마음을 몰라 주는 것일까?' 문제가 터졌을 땐 인터넷에 검색하거나 주변 사람들에게 묻는다. 부부 클리 닉 방송을 볼지도 모른다. 부부 사이의 디테일을 모른 채 진행되는 공적인 결혼 조언은 가장 리스크가 적은 것을 택 한다. '둘 사이의 관계는 잘 모르겠지만 일단은 붙어 있어 야 한다. 각방은 안 된다'라는 답이 나올 수밖에 없다.

악의는 없다 해도 불편은 여전하다. 누군가 내 결혼 생활에 자기 기준대로 오지랖을 부릴 때 어떻게 대응해야 할지 모르겠다면, TMI_{Too Much Information} 접근법을 추천한 다. 자신만의 결혼 방식을 고수하는 이유를 차근차근 처음 부터 하나도 빠뜨리지 않고 상대에게 이야기해 주는 것이 다. "지난주에 후배 청첩장을 받는 자리에 나갔는데 말이 죠……."

늘 붙어 있어야

부부인가요?

코로나19 사태로 부부가 집에서 함께하는 시간이 길어지면서 다툼도 잦아진다는 뉴스가 들려온다. 몇몇 사람들은 이 상황을 비꼬면서 바라본다. "함께 있으면 좋지, 왜 싸워? 부부 사이에 원래 문제가 있었겠지." 이렇게 말하는 사람은 일심동체 수준의 행복한 부부이거나 혹은 뭣도 모르는 소리를 하는 케이스다. 배우자의 인내심을 알아채지 못하고 제멋대로 하고 있을지도 모른다. '나는 괜찮은데. 온종일 붙어 있어도 좋기만 한데'라는 사람들은 이 글을 읽고 자신을 돌아보시길.

사회생활을 하는 직장인인 터라 평범한 수준 정도로는 타인을 신경 쓰면서 살고 있다. 피곤하다고 아무 데서나 졸지도 않고, 고객 앞에서 한숨을 푹푹 내쉬지도 않는다. 일주일 내내 수정한 작업물을 보내니 "처음 것이 더 좋은 것 같아요. 원래대로 고쳐 주세요"라는 고객 앞에서도 "넵, 알겠습니다" 하는 소위 '넵 몬스터'가 되고 만다. 고객에게도 사정이 있으리라는 자기 최면을 걸면서 말이다. 노동자의 고단한 하루가 끝나고, 때론 마음에 잔뜩 스크래치가 난 채 귀가한다. 지친 마음 탓에 아내를 보면서도 표정 관리가 잘 안 된다. 피곤하니 배려의 마음도 팍팍 줄어 있다. 어쩔 수 없이 아내가 한 작은 요구에도 퉁퉁거리며 대답할 때도 있다.

"오빠, 재활용 쓰레기 좀 버려."

"내일 버릴게."

"쓰레기 엄청 많아. 내일 다 못 버릴 거야. 오늘도 좀 갖다 버려."

"내일 다 버릴 수 있어. 지금 피곤해."

만약 결혼을 해 봤거나 한 독자라면 앞으로의 상황이 나쁘게 흘러가는 시나리오가 훤히 그려질 것이다. 사소한 사안으로 시작해, 평소 마음에 들지 않았던 행실 지적으로 이어져 다툼이 벌어지는 전형적인 상황. 부부든 혹은 다른 형태의 동반자든 함께하는 사람에 대한 배려심과 이해심이 없으면 온갖 것이 다 갈등이 되기 마련이다. 하지만 서로 간에 배려가 필요하다는 것을 누가 모르랴. 알면서도 실행할 감정 에너지가 없기에 갈등이 발생하는 것이다. 감정이 상하면 자기 감정만 보이지, 객관적인 상황 따위는 보이지도 않는다.

우리 부부는 감정에 여유가 없을 경우 각자 자기 방으로 '전략적 후퇴'를 한다. 아내는 "오빠, 나 지금 피곤해. 방에 혼자 있을래"라고 솔직하게 의견을 밝힌다. 워낙 직설적인 성격이라 내가 집에 오자마자 "나 지금 열 받았으니까 건들지 마"라고 선언하기도 한다. 나는 피곤한 얼굴로 조용히 방에 들어가는 식으로 의사 표시를 한다. 부부 사이라도 방문을 열고 마음대로 쳐들어오는 일은 거의 없다. 각자의 공간을 침범하지 않는 배려는 우리 부부에게 아주 기본적인 에티켓이다.

우리 집에는 아내가 애정하는 공간이 따로 있다. 바로 내 방 문가다. 어느 순간 인기척이 느껴져 내 방 문 쪽을 보면, 몸을 반쯤 숨긴 채 조용히 나를 응시하는 아내가 있다.

순간 '왜지? 공격하려고 그러나?' 생각하지만 아니다. 기분이 풀린 아내가 나랑 놀고 싶어 온 것이다. 남편이 현재 자기랑 놀아 줄 여유가 있는지 확인하는 일이기도 하다. "남편, 뭐 하냐?"라며 말로는 시비를 걸지만 눈에는 사랑스러움이 그득하다. 기분이 좋아지면서 우리는 함께 집 안을 활보하며 논다.

　　갈등 회피 차원이 아니라도 각자의 시공간을 지켜 주는 것은 결혼생활에 큰 만족을 준다. 독서에 집중하고 싶을 때, 영화를 한 편 볼 때, 혹은 글을 쓸 때 우리 부부는 "나 지금 할 일 있으니까 방해하지 마"라고 외치고 마음 편히 자기 일에만 전념할 수 있다. 솔직히 말하면 나 역시 결혼 초기엔 부부는 매 순간 함께해야 하는 줄 알았다. 티브이도 함께 보고, 함께 자고, 함께 나들이하고. 그런데 어느 순간부터 혼자 있기를 바라는 나 자신을 발견했다. 처음에는 대학생 때부터 홀로 자취하던 습관 때문에 누군가와 함께 있음이 낯설어서 그런 줄만 알았다. 시간이 지나면 익숙해질 것이라 여겼다. 하지만 아니었다. 자칫 결혼생활 자체에 불만을 가질 상황이 됐고, 결국 선택한 것이 각자의 시공간을 지켜 주는 지금의 모습이다. 독립적인 부부로 지내고서야 알게 됐다. 같이 있기 싫은 게 아니라, 같이'만' 있는 게 싫었다는 사실을.

독립적인 성격 때문에
함께 살기 걱정하는 이들을 위한 제언 4

① 당신은 이상하지 않습니다. 세상의 수많은 사람이 당신과 비슷합니다.
② 그런데도 억지로 참고 사느라 불행해하죠.
③ 참는다고 성향이 바뀌진 않습니다.
④ 함께 살되, 똑똑하게 함께할 수 있는 방법을 고민해 보세요.

갈등 회피 차원이 아니라도 각자의
시공간을 지켜 주는 것은 결혼생활에
큰 만족을 준다. 독립적인 부부로
지내고서야 알게 됐다. 같이 있기 싫은
게 아니라, 같이'만' 있는 게 싫었다는
사실을.

2장

둘만으로도
꽉 차게 행복합니다

셋은 됐어요,

둘로 충분해요

우리 부부는 아이를 낳지 않기로 했다. 아니, '낳지 않기로 했다'는 적극적인 표현은 부적절하다. 정확히 말하면 '비출산'을 선택한 것이 아니라 굳이 '출산'을 고르지 않은 셈이니까. 결혼한 지 10년이 지난 지금도 행복하게 결혼생활을 이어 가고 있다. 둘의 행복한 일상에 아이를 더할까의 문제를 두고 우리는 "셋은 됐어요, 둘로 충분해요"라는 답을 내렸다.

이 책을 펴든 사람 중엔 딩크를 고민하는 여성 독자가 적잖을 텐데, 이 말만큼은 하고 시작하고 싶다. 난 남자다.

출산이 인생에 미치는 여파가 여성만큼 크지 않다. 양육비가 들고 육아도 힘들겠지만 아마도 커리어가 끊기는 일은 벌어지지 않을 것이다. 긴 임신 기간을 살아 내야 하는 것도 아니다. 남자로서 어떤 이야기를 하든 여성 독자에겐 마음 편한 소리로 들릴 수 있고, 그건 사실이다. 그렇기에 이 글은 딩크의 기로에서 "아이가 없어도 즐거운 결혼생활을 할 수 있나요?"로 좁힌 질문에 대한 의견 정도라고 생각해 주면 좋겠다.

앞서 말했듯 나와 H는 20대 후반에 만나 7년 정도 연애한 후 결혼했다. 처음 만난 순간부터 H와 함께 있으면 편안했다. 낯가림이 심한 데다 당시 백수였던 터라 자괴감까지 더해져 대인불편증에 시달리고 있었다. 스스로 반쯤은 히키코모리라고 여겼는데, 이상하게 H 앞에선 편안했다. 나 자신을 그대로 드러내도 불편함이 없었다. "오빠, 나 만났을 때 안 떨렸지!"라며 H는 억울해하지만 내게는 그 편안함이 귀했다.

사람에겐 자기에게 딱 맞는 가족 규모가 있다고 생각한다. 네 명? 세 명? 두 명? 비연애도 있으니까 한 명도 가능하다. 난 개인의 라이프에 집중하는 성격이라 적정 가족을 한 명으로, 즉 혼자 살아야 한다고 여겼다. 그런데 H를 만나면서 적정 가족 사이즈가 두 명으로 늘어났다. 나다움을 유지할 수 있는 편안함에 구렁이 담 넘어가듯 슬쩍 결혼을 이야기했다. '내가 과연 결혼할 수 있을까?'란 인생 최대 주제를 해결하고 결혼생활을 시작했더니 글쎄……

"아직 2세 소식은 없고?" 주변에서 자식 채근이 이어졌다. 둘도 겨우 적응했는데 벌써 아이를 낳아야 해? 생각 없다고 아무리 말해도 주변 사람들은 조언이란 이름의 강권을 거듭했다. 부부가 맨날 서로의 얼굴만 보고 있으면 지겨워지고 다툼이 생긴다고, 결국은 자식만이 결혼생활의 윤활제라고 했다. 결혼의 다음 스텝은 출산이라 주장하는 이들과의 길고 지루한 소통은 흔하다. 고로 한 덩이로 모아 가상 인터뷰로 풀어 봤다.

Q. 노력했는데 안 생긴 게 아니라 일부러 안 낳고 있는 거죠?

A. 네, 그렇습니다. 앞으로도 아이를 가질 계획은 없습니다.

Q. 어떤 이유로 아이를 낳지 않기로 결정하신 건가요?

A. "그냥"도 답이 될 수 있나요?

Q. 2세 계획 같은 큰일에 "그냥"은 답이 안 되죠. 혹시 험한 세상에 아이를 내보내는 게 오히려 잘못이라고 여기시나요?

A. 아니에요. 세상이 그 정도로 최악이라고 여기진 않습니다. 태어나지 않은 아이의 처지를 고려할 만큼 이타적이지도 않고요. 전 이기적이에요. 그래서 아이를 안 낳는 쪽이 제 행복이 더 클 것이라고 생각했습니다.

Q. 그렇게 생각하신 이유가 있나요?

A. 대단한 사건이 있던 건 아니에요. 전 아이를 싫어하지도 않거든요. 조카가 있는데 이름이 소빈이에요. 하는 짓이 얼마나 귀여운지 저번에 만났을 땐……

Q. 옆길로 새지 마시고, 딩크를 택한 이유는요?

A. 결혼 초엔 육아가 부담스러웠어요. 둘이 사는 것도 아직 낯선데 셋이라뇨. 고민스러웠죠. 이렇게 가정해 보죠. 마음속에 저울이 하나 있어요. 한쪽엔 아이를 낳아야 할 두세 가지 이유가 있고, 다른 한쪽엔 낳지 않을 수십 가지 이유가 있어요. 낳지 않는 쪽이 가짓수는 많지만 개수로 판단할 문제는 아닙니다. 사귀지 말아야 할 이유가 열 가지 있다고 해도, 단 하나의 사랑할 이유로 사귀는 게 사람이잖아요. 아이 문제도 똑같죠. 꼭 낳고 싶은 이유가 있다

면, 낳지 말아야 할 이유 열 가지는 상관없는 거예요. 제 아내는 덩치가 작아요. 제 몸 반밖에 안 되는 '쪼그미'거든요. 쪼그미의 더 작은 버전이 생긴다면 참 보기 좋겠다는 생각도 있었어요.

　　Q. 그런데요?

　　A. 낳아야 할 묵직한 이유가 사라졌어요. 출산을 조금이나마 진지하게 생각한 이유는 나와 아내가 세상을 떠난 후에도 우리의 이야기가 끝나기 않길 바랐기 때문이에요. 인간을 흔히 서사적 존재라고 하죠. 내가 누구인지, 어떻게 살아갈지는 스스로가 어떤 이야기 속에 있는지에 따라 달라진다는 말입니다. 예컨대 스타트업을 시작한 혁신가라면, 자기 손으로 세상의 일부를 바꾸려는 서사를 가졌겠죠. 〈나는 자연인이다〉 속 자연인처럼 대자연 속 물아일체를 택한 분은 또 다를 테고요.

　　인간이 잡고 사는 서사 중엔 '연속성'도 있어요. 세상이 나부터 시작한 것도 아니고, 나로서 끝나지도 않는다는 인식인데요. 세상과의 소속감이 느껴지며 마음이 편안해지죠. 여기서 아이는 부부의 작은 분신이에요. 아이를 낳지 않는다면 우리 부부가 쌓아 온 기억들은 사후 새카만 무無로 사라지게 되는 셈이겠죠. 오늘의 삶을 끌고 가는 데 중요한 목적 하나가 사라진다는 의미이기도 하고요. 그러던 중 할아버지가 돌아가셨어요.

할머니는 이미 돌아가신 후라 할아버지 댁은 빈집이 됐어요. 할아버지 유품을 정리하러 갔죠. 도자기, 책, 앨범 등 조부모님이 모아 둔 물건이 꽤 많았어요. 하나하나가 모두 할아버지와의 추억을 떠올리게 하는 것이었어요. 물건 둘 데도 없고, 따로 창고 서비스라도 받아야 하나 고민하는데 문득 그런 생각이 들었어요. '내가 이 물건을 살면서 몇 번이나 보게 될까?' 아무래도 안 찾아볼 것 같더라고요. 할아버지와 할머니가 평생 모은 것, 그분들의 인생이 담긴 것이 대부분 의미가 없다는 느낌마저 들었어요. 거의 버리기로 했죠.

Q. 할아버지와 가까웠는데도요?

A. 매우 가까웠어요. 이 인터뷰를 부모님이 보시면 질투하시겠지만, 어떤 면에서 할아버지는 제 인생에서 가장 중요한 사람이었어요. 영혼을 기대고 있는 느낌이었달까요. 그런데도 의미 없다는 생각이 들었어요. 저는 제 자신의 인생을 살아갈 것이고 할아버지의 존재는 점점 옅어지겠죠. 가끔 떠오르며 가슴이 아리겠지만 그건 에필로그일 뿐이에요. 흔적으로 남을 기억의 조각이죠.

Q. 허무한 결론이네요.

A. 허무하다면 허무하겠지만 한편으론 묵은 불안감이 사라지는 이야기입니다. 사람은 갈 때가 되면 가는 것이고 남는 건 없어요. 결국 살아 있을 때 얼마나 충만한 삶을 살아 낼 것인가가 중요하겠죠. 우리 부부는 도원결의를 했어요. 한날한시에 태어나진 않았지만 한날한시에 죽기를 바란다고요.

Q. 아내분 의견은요?

A. 아내야 원래 딩크를 생각했어서…….

Q. 노년에 챙겨 줄 사람이 없어서 걱정되지는 않나요?

A. 어떤 선택이든 완벽하진 않잖아요. 돈을 모아 노후를 대비하고, 인간관계가 끊어지지 않도록 노력도 해야겠죠. 천상병 시인의 〈귀천〉이란 시 아시나요? "나 하늘로 돌아가리라./ 노을빛 함께 단 둘이서/ 기슭에서 놀다가 구름 손짓하며는,"이란 시구처럼 가능한 한 깔끔하게 돌아가고 싶습니다.

Q. 마지막 질문입니다. 자식 키우는 재미가 결혼생활의 반이라고 하잖아요. 둘만 살면 점점 지루해진다던데 결혼 10년 차로서 어떠신가요?

A. 지루해지다뇨! 오히려 점점 재밌습니다. 뭐가 재밌냐

하면······ 근데 시간이 벌써 이렇게 됐네요. 약속이 있어서,
뭐가 재밌는지는 다음 글에서 읽어 주세요. 이만 안녕히.

좋은 소식은 없지만

매우 좋습니다

　연남동의 작은 펍. 마흔 살 동갑내기 친구 네 명이서 함께 술을 마셨다. 적당히 마시고 귀가하자는 계획은 두 병째 위스키 뚜껑을 여는 순간 끝장났다. 기억이 가물가물하지만 술자리 초반부에 결혼생활에 대해 이야기했던 것은 기억한다.

　똑같은 마흔 살 남자 넷인데도 구성(?)은 다양했다. 자식 있는 기혼자 한 명, 자식 없는 기혼자 두 명, 미혼자 한 명. 자식 있는 기혼자 A는 아이가 이제 돌이 막 지난 초보 아빠였다. "아빠 되니까 많이 힘들지?"라고 슬쩍 물었는데 괜찮다며 특별히 힘들지 않다고 대답했다. 표정도 싱글벙 글했다. 응? 보통 육아 초보들은 오만상을 찌푸려 가며 어려움을 토로하지 않나? A는 음악인으로, 집에서 일하며 부부가 함께 아이를 키우기에 육아의 괴로움을 온몸으로 맞을 수밖에 없다. 분명히 힘들 것이다. 힘들어야만 한다. 힘들지 않냐고 재차 묻자, 힘든 점도 있지만 생각보다 괜찮다며 부부 모두 바깥 나들이도 가능하다고 했다. 아내가 약속이 있을 땐 본인이 아이를 보고, 오늘처럼 자기가 외출할 땐 아내가 아이를 챙긴다는 설명이었다. 이런! 솔직히 말하면 나는 음흉한 목적을 가지고 육아 이야기를 꺼냈다. '아이 없는 결혼생활의 즐거움'에 대한 책을 쓰기로 했기에 소재를 얻으려는 심산이었다. 하지만 A는 전혀 도움이 되지 않았다.

"아이 없던 행복한 시절이 떠오른다든가, 이런 거 정말 없어?"

"몰라. 생각해 보면 있을 것도 같은데 지금은 기억이 안 나네."

"B, 너는 아이 안 낳는다며. 프리한 라이프스타일을 유지하는 기분은 어때?"

프리하긴 개뿔. B는 1년 전쯤 결혼했으나 출산 계획은 없는 친구로, 요즘 기분은 별로라고 했다. 결혼생활과는 무관하며, 어차피 인간이란 자기 삶을 홀로 직면해야 하는 외로운 존재이기에 결혼을 하든 아이를 낳든 근본적으로 바뀌는 것은 아무것도 없다고 했다. 대학 다닐 때부터 현학적인 친구였는데 나이 들어도 바뀌는 게 하나 없다. 물어본 내가 잘못이다. 마지막 남은 C는 '그래도 아이는 필요하다. 앞으로 삶이 어느 방향으로 흘러갈지 모르는데, 차가운 세상 속에 나와 이어진 유일한 동아줄 같은 존재가 바로 자식'이라며 그럴듯한 소리를 했으나 "애인도 없으면서 쓸데없는 소리냐"는 핀잔만 듣고 말았다.

불쌍한 C를 놀리며, 아니 위로하며 한 잔 두 잔 기울인 술에 우린 만취했다. 눈을 떠 보니 집이었다. 그날, 깨질 듯한 머리를 부여잡고 워드 파일에 끼적인 교훈 세 가지는 다음과 같다.

1. 딱 한 병만 더 마실까 고민스러울 땐 마시지 말자. 다음 날이 정말 괴롭다. 주말이 순식간에 삭제된다. 막상 그날 뭐 하고 놀았는지 기억도 안 난다.

2. 술 마시면서 중요한 이야기를 하려고 하지 말자. 애초에 술자리에서 진지한 이야기를 해 보려던 게 실수였다.

술이 세 잔 넘어간 순간부터 머리가 아닌 혀가 말하기 시작한다. 아무 말 대잔치다. 진지한 이야기를 할 거면 차라리 커피를 마시면서 하자.

3. 결혼생활은 결국 케이스 바이 케이스. 결혼은 으레 이러이러하다는 일반론이 통하지 않는다. 예측 불가능한 존재인 인간 둘이 만나 이루는 결혼이란 우주가 그리 단순할 리 없다. 남들의 기준에 휘둘리지만 않으면, 뒤집어 말해 부부가 자기들의 기준으로 결혼생활을 꾸려 나가면 거기에 일반론은 들어설 자리가 없다. 둘의 의지와 노력만 남는 셈이다.

지난 글의 마지막 질문, "아이 없이 둘이서만 지내면 지루해지지 않나요?"에 대한 아내의 입장은 알 수 없으나 난 반대로 매우 즐겁다. 각자의 취향을 추구하면서 함께의 즐거움도 누릴 수 있는 완벽한 밸런스다. 빠듯한 예산이지만 1년에 한 번씩 긴 해외여행을 떠난다. 주말엔 마치 한석봉과 어머니처럼 아내는 빵을 굽고 난 책을 읽는다. 혹은 난 게임을 하거나 아내는 막장 드라마를 시청한다. 저녁은 뭐 먹을지 고민한다.

"태국식 쌀국수 먹으러 갈까?"

"오늘은 서양 음식을 먹고 싶은 기분이야."

"그러면 파스타?"

밥을 먹고서 함께 영화를 보다가 잠든다. 소소하게 누리는 삶의 모든 순간순간이 즐겁다.

"자신이 누구인지 알고 있고, 자신이 말하고 싶은 바를 알고 있으며, 다른 사람의 눈을 상관하지 않는 것이 스타일이다."

세상사에 탁월한 감성의 촉수를 가졌던 평론가 고어 비달은 이렇게 말했다. 자신을 '우리 부부'로, 스타일을 '좋은 결혼생활'로 바꿔도 딱 들어맞는 말 아닐까.

예측 불가능한 존재인 인간 둘이 만나
이루는 결혼이란 우주가 그리 단순할
리 없다. 남들의 기준에 휘둘리지만
않으면, 뒤집어 말해 부부가 자기들의
기준으로 결혼생활을 꾸려 나가면
거기에 일반론은 들어설 자리가 없다.
둘의 의지와 노력만 남는 셈이다.

아내가

바뀌었다

    지난 금요일 밤, 늦은 시간까지 게임을 하다가 새벽에 잠드는 바람에 정오에나 일어났다. 눈을 부비며 방 밖으로 나오다가 식탁에서 반쯤 남은 빵 봉투가 열려 있는 충격적인 장면을 목격했다. 밀폐되지 않은 채 도넛 두 개가 바깥 공기를 그대로 마주하고 있었다. 난 어제 저 빵을 사 온 후 개봉한 적이 없다. 집 안엔 나와 아내밖에 없다. 그렇다면 설마……

    결혼 초, 우리 부부는 자잘한 집안일로 자주 다퉜다.

쓰레기 처리하는 방법부터 청소법까지 다툴 일이, 정확히는 혼날 일이 많았다.

"오빠! 쓰레기통이 가득 찼으면 바로바로 비워야지. 자꾸 눌러 담으면 어떻게? 뚜껑이 닫히지도 않잖아!" "오빠! 바닥에 과자 가루를 흘려 놓고 그대로 두면 어떻게?" "오빠! 이걸 이렇게……." "오빠! 저걸 저렇게……." 대부분 내가 살림을 엉망으로 해서 혼쭐이 난 것이다. 나는 퇴근 후 조금만 피곤하면 집 안을 어지럽힌 채 치울 생각은 하지 않고 휴식을 취했고, 그런 내 모습을 보며 아내는 화냈다. 그럴 때마다 난 집안일로 혼나는 남편들이 주로 내미는 변명을 댔다. "화부터 내면 어떻게. 모르면 하나씩 가르쳐 줘야지. 안 그래?"

안 그렇다. 살림에 서투른 것은 무지의 문제이지만 하나하나 알려 줄 때까지 기다리겠다는 건 의지의 부족이다. 과자 가루를 땅에 흘리면 더러워져 벌레가 생긴다는 건 누구나 안다. 쓰레기통이 가득 차면 지저분하다는 것 역시 상식이다. 하나하나 알려 주면 그때 고치겠다는 말은, 함께 사는 이 공간에서 아내가 쾌적함을 느끼도록 만들 의지가 없다는 것이다. 언젠가 아내가 내게 여성들이 겪는 이 이슈에 대한 온라인 뉴스를 보여 줬고, 난 그제야 잘못을 깨달고 조금씩 바꾸기 시작했다. 너무 조금씩이라 여전히 혼날 때가 많지만, 그래도 조금씩 조금씩 고치며 몇 년의 세월이 지났다.

아내는 음식을 개봉한 후 그대로 두는 것을 매우 싫어한다. 음식은 못 먹게 되고, 집 안엔 음식 냄새가 퍼지며, 벌레까지 꼬이기 때문이다. 나라고 좋아하겠냐만 덤벙대는 성격이라 실수로 과자 봉투나 빵 봉투를 열어 두는 일이 왕왕 있었다. 그리고 이 문제는 이제 거의 완벽히 고쳐졌다. 음식을 먹으면 바로 치우고, 남은 음식은 밀폐용기에 보관한다. 과자는 처음부터 밀폐 봉투에 따로 담아 두고 먹고 싶을 때 꺼내 먹는다.

그런데 지금, 저기 놓인 어제 사 온 저 빵은 왜 개봉된 채 있는 것인가? 내가 먹었는데 기억을 못 하는 것일까? 아니면 누가 몰래 들어와 빵만 반쯤 먹고 도망쳤나? 아니면 혹시…….

"H, 설마 저 빵 먹은 거야?"

"응. 아침에 배고파서 먹었지."

"그런데 왜 반만 먹고 열어 뒀어?"

아내의 얼굴에 슬슬 민망한 웃음이 번지기 시작했다.

범인은 바로 아내였다. 화는 전혀 나지 않았고 그저 놀랍기만 했다. 아내는 계속 웃다가 내가 잠시 한눈 판 사이 어디론가 도망가 버렸다. 평수가 작은 집에 도망갈 데도 없어 곧 검거(?)됐다.

　부부는 살면서 닮는다고 한다. 살림 엉망진창인 나와 살림 깔끔인 아내는 점점 닮는 걸 넘어 서로의 성향이 아예 바뀌기도 한다. 먹다 만 테이크아웃 커피가 덜렁 놓여 있어 혼나겠다 싶어 빨리 치우려 했더니 내가 마신 커피가 아니라 놀라고, 화장실에서 일을 본 후 두루마리 휴지가 없는 걸 보고 놀란다. "다 쓴 사람이 채워야지!"라며 혼내던 아내는 이제 자신이 그냥 가 버린다. 전부 내가 옛날에 했던 실수인데 아내가 어느 순간 내가 되어 버린 것일까. 그러니 요새는 내가 아내에게 잔소리할 때가 더 많다. 아내는 잔소리쟁이라고 대들면서도 싫은 기색은 아니다. "내가 누구 아내인데, 이 정도는 어질러야지"라는데 대체 무슨 소리인지 알 수가 없다.

　살면서 바뀐 게 또 하나 있다. 친한 친구들은 늘 나보고 잔정이 없다고 말한다. 감정을 잘 표현하지도 않고, 상대를 살뜰히 챙겨 주지도 못하기에 맞는 말이겠다. 하지만 다행히도 아내 역시 비슷한 성격이다. 결혼 전, 장모님을 뵀을 때 "우리 H가 성격이 드세고 정도 없지만, 그래도 자네가 잘해서 잘 살길 바라네"라고 하셨는데, 우리 둘 다 덤덤한 성격이고 그 점에선 잘 맞아 아무런 문제가 없다. 같은 맥락에서 아내는 소위 애교라는 것도 매우 싫어해 연인의 애교는 남의 나라 이야기였다.

그런데 결혼 9년 정도 지난 즈음이었을까. 소파에 앉아 티브이를 보는데 아내가 내 등에 머리를 꾹 기대고 가만히 있었다. 힘을 실은 의미심장한 기댐이었다. 결혼 10년 차에 아내에게 두근두근 떨리는 감정을 느끼다니. 그 후 언젠가부터는 갑자기 날 뒤에서 껴안기도 하고, 배를 대고 마루에 누워 있는 내 등에 앉아 있기도 했다. 문자 그대로 내가 방석처럼 바닥에 누워 있고 그 위에 아내가 앉는 것. 아내의 애교는 고양이의 애교와 흡사해 뜬금없이 다가와 몸을 훅 기댄 채 온정을 나누다가도 갑자기 자기 할 일을 찾아 떠난다. 거기서 내가 질척대면 냥냥 펀치가 날아온다.

때로 집 안을 엉망으로 만들고, 짧은 애교를 보이는 그 모습이 싫지 않다. 우리가 만든 공간에서 드디어 안정감을 느끼고 마음을 놓는 모습으로 보이니까. "애도 없이 몇 년씩 함께 살면 안 지겨워요?"라고 묻는 사람들이 일부 있는

데, 결혼을 비슷한 상태의 연속이라 상상한다면 그런 인식은 바꾸도록. 살면서 둘의 관계에서도 많은 게 바뀌니까. 그 바뀜이 흥미진진하니까.

심지어 방금 전엔 아내가 드라마를 보면서 울었다. 원래 영화나 드라마를 보며 우는 건 내 몫으로, 그때마다 아내는 손가락질을 하며 깔깔대고 비웃었다.

작은 물욕은

정신 건강에 좋다

　어릴 적부터 물욕이 거의 없었다. 동생이 부모님을 졸라 휴대용 CDP 같은 새 물건을 사면, 어머니는 내게도 그게 필요한지를 물었다. 동생만 사 주면 질투할 거라는 걱정 때문이셨을 텐데 기우였다. 동생 손 안의 물건을 보고 갖고 싶던 적이 한 번도 없었다. 동생뿐 아니라 누구의 소유물도 마찬가지였다. 내 마음에 쏙 드는 뭔가가 있어도 '아, 저 물건은 참 좋은 물건이구나'로 끝이었다. 아마도 풍족했던 어린 시절 덕분인 것 같다. 필요하다면 웬만하면 사 주시는 부모님 덕에 소유에 대한 절실함이 없었다. 물건이란 존재는 늘 있으면 좋고 없으면 그만인 덤덤한 무엇이었다.

"오빠, 오빠! 새 커틀러리로 먹으니까 밥도 더 맛있는 것 같아."

새로 구매한 커틀러리를 들고 아내가 좋아라 하고 있다. 최근 우리 집에 들어온 이 커틀러리 친구들의 고향은 무려 포르투갈. 고급스러운 회색빛 금속에 손잡이는 흑단목으로 된 비범한 친구들이다(보나마나 비싸겠지). 포크, 나이프, 스푼에 특이하게도 젓가락과 젓가락 받침까지 포함돼 있다.

"포르투갈 사람들도 젓가락 써?"

"요즘 커틀러리 브랜드는 아시아에 팔려고 젓가락도 세트에 넣는다고."

하긴, 글로벌 마켓에서 아시아인도 주요 고객일 테니. 그나저나 이쯤에서 드는 또 하나의 의문. 젓가락이 낡아 사오라고 했더니 왜 아내는 커틀러리를 두 세트나 들고 왔냐는 점이다. "여보, 젓가락 사 오랬잖아. 여보?" 연거푸 물었으나 답은 없고 밥맛이 있다느니 딴소리만 한다.

아내는 물욕이 있다. 어릴 적부터인지는 모르겠고 결혼한 시점부터는 확실하다. 다른 집도 마찬가지겠지만 결혼할 당시엔 돈이 참 부족했다. 집 사고 결혼식 준비하면서 통장이 텅텅 비었고 빚까지 잔뜩 져야 했다. 우리 부부는 나름의 심미안이 있어 못난이 물건으로 집 안을 대충 채워 넣는 것은 질색이었다. 하지만 돈은 없었다. 그렇다면 방법은 단 한 가지. 돈 벌어 채울 날을 기다리며 그 자리를 비워두는 것이었다. 그런고로, 우리의 신혼집은 미니멀리스트의 이상향 같은 곳이 됐다. 아내의 책상과 거실의 커피 테이블. 방 세 개짜리 집에 테이블이 달랑 두 개였다.

유학생활을 끝낸 아내가 취업을 하고, 내 직장생활도 이어지며 우리 부부의 현금 흐름도 좋아지기 시작했다. 그런데 문제는, 아내가 물건 사는 것을 참 좋아한다는 것이었다. 집 안의 빈 공간이 차례차례 채워졌다. 식탁이 생기고, 8평짜리 소형 에어컨이 1+1 대형 에어컨(작은 에어컨을 하나 더 준다)으로 바뀔 때만 해도 '비정상의 정상화가 이뤄지는 셈이겠지. 비어 있을 때도 좋긴 했는데'라고 생각한 정도였다. 그런데 연예인들이 쓰는 걸로 유명한 독일제 공기청정기가 들어오는 것을 시작으로 고개가 갸웃했다. 공기청정기가 꼭 필요한가 싶었다. 쇼핑 중독처럼 자주 구매하는 건 아니었지만 꾸준히 새 물건이 집에 들어왔고, 나의 비움 철학과 아내의 채움 철학 간에 갈등이 생겼다.

"집에서 요리해 먹으려면 오븐이 꼭 필요하다고."

"오븐 없이 잘만 요리했잖아."

"요리는 내가 했잖아. 힘들게 했거든?"

"부엌 좁아서 더 둘 곳도 없잖아."

　뭐 하나 살 때마다 티격태격 말다툼이 이어졌다. 집이 좁은 것도 사실이지만, 마음속으론 구매 행위에서 행복을 얻는다는 자체가 꺼려졌다. 내가 읽어 온 많은 책에서는 소비를 부정적인 뉘앙스로 이야기했다. 소비에 익숙해지면 소비의 노예가 되고, 결국 내가 원하는 일이 아닌 소비를 받쳐 주기 위한 시스템의 라이프스타일을 따를 수밖에 없다는 것이 젊은 시절 내가 내린 결론이었다. 고대 그리스 시절, 무엇이든 원하는 것을 주겠다는 알렉산드로스 대왕에게 햇빛이나 가리지 말고 좀 비켜 달라고 했던 거지 철학자 디오게네스를 (현실의 나는 그러지 못하지만) 마음속 지향점으로 여겼다. 그런 내 눈에 아내의 물건 애호 취향이 곱게 보이진 않았다. 둘 사이의 다툼은 도돌이표처럼 반복됐다.

　그러던 어느 날, 회사에서 뭔가 일이 잘 풀리지 않는지 아내가 크게 힘들어했다. 나와 달리 열정이 많은 사람이라 스트레스도 잘 받기에 그런 고통은 피할 수 없는 일이었다.

곁에서 좋은 말도 해 주고, 힘내라고 응원도 했지만 아내의 기분은 쉽게 풀리지 않았다. 아내가 좋아하는 백화점에 나들이를 갔다가 생활 잡화 층에서 무쇠 냄비를 샀다. 평소 아내가 눈여겨보던 제품이라 기분 전환 겸 구매를 허락해 준 것인데 결과가 뜻밖이었다. 기분이 전환되는 정도를 넘어 꽉 막혔던 아내의 감정이 뻥 뚫리는 것이 아닌가.

"이걸로 스튜도 끓이고 찜도 하고 여러 가지 해 먹으면 맛있을 것 같아. 우리 주방에도 너무 잘 어울리는 디자인이라 보기에도 좋고 말이야. 기분이 많이 나아지네. 그래, 예쁜 거 보고 맛있는 거 먹으며 힘내야지. 아자!"

새 물건 하나 샀다고 기분이 확 좋아지는 아내가 너무 귀여웠다. 그런데, 꽤 힘든 상황이었는데 이렇게 쉽게 힘낸다고? 쇼핑 이거, 가성비가 너무 좋잖아?

내 경우 마음이 어두워지면 다시 밝아지는 데 꽤 많은 과정이 필요하다. 어두컴컴한 방에서 나 홀로 긴 힐링 타임을 가진 후 책을 펼친다. 화났을 땐 세네카의 철학을, 의욕을 잃었을 땐 생택쥐페리의 《야간비행》을 읽으며 어긋난 화살표를 돌리려고 노력한다. 그래서 잦진 않지만(아내도 마찬가지) 한번 감정이 동요하면 회복하는 데 오래 걸린다. 그런데 아내는 큰 마음의 상처를 입고도 작은 물건 하나로

산뜻하게 극복할 수 있다. 나의 기나긴 고민과 독서 행위보다 아내의 쇼핑 쪽이 효율적인 것이다.

편견을 걷고 보니 아내는 작은 쇼핑에서 큰 행복을 얻고 있었다. 새로 론칭한 디저트 전문점의 케이크를 맛보며 행복해하고, 포르투갈제 커틀러리로 밥맛을 찾는다. 물건을 하나 사면, 같은 물건을 산 소비자의 후기를 검색해 보면서 한참 즐긴다. 인생의 행복을 별다른 게 아니라 행복한 순간의 총합이라고 여긴다면, 아내에게 작은 쇼핑은 행복 그 자체라고도 볼 수 있다. 무엇보다 아내는 열심히 살아가야 할 이유를 일상의 개선, 즉 우리 부부의 주변 환경이 점점 좋아지는 데서 찾는다고 하니 아내의 물욕은 그냥 욕심이 아닌 의욕의 다른 말이기도 한 셈이다.

나의 소소한 각성 이후 우리는 대타협을 이뤘다. 1) 함께 쓰는 제품은 부부 협의로 구매한다. 2) 협의 때는 서로의 취향을 최대한 인정한다. 3) 구매 행위를 즐기는 쪽이 아내이니만큼 소비 지출은 기본적으로 아내 카드로, 아내가 한다. 식재료부터 식탁 의자까지 모두 아내가 산다. 대신 내가 버는 돈은 모두 모아서 대출금을 갚는다.

아내 측과 남편 측은 양해 각서를 주고 받으며 긴 갈등의 고리를 끝내고……까진 아니고, 여전히 투닥거린다. 하지만 내가 작은 쇼핑의 귀중함을 깨달았다고 하니 아내가 말한다. "작은 쇼핑 말고 이제 큰 거로……."

연예인들이 쓴다는 독일제 공기청정기를 사용한 후로 내 비염이 확 좋아졌다. 밤마다 코막힘에 실룩댔는데, 요즘은 쾌적한 수면을 이어 가는 중이다. 역시 연예인들이 괜히 쓰는 게 아니었고만. 물건을 하도 사더니 우리 아내는 이제 구매의 달인이 됐나 보다.

슬기로운

약식생활

예전엔 '국 없으면 밥 못 먹는다'는 류의 사람들이 꽤 있었다. 국, 밥, 반찬, 거기에 고기도 약간 있어야 '제대로 된 식사'라고 주장했는데, 들을 때마다 고개를 갸웃했다.

부산에서 태어나 서울에 있는 대학에 입학해 열아홉 살 때부터 자취생활을 했다. 대단히 힘든 것은 없었으나 식사 문제만은 늘 곤란했다. 혼자 먹는데 꼼꼼히 차리기는 귀찮고, 매 끼니 외식하는 것도 힘들었던 탓이다. 고향에서 부모님이 반찬을 보내 주시기도 하고 나 스스로 반찬을 쟁여 놓기도 했지만, 이상하게 그 반찬을 잘 안 먹었다.

20대 시절이 좀 정신없는 시기인가. 만나고 헤어지고, 어디론가 떠돌고, 선뜻 그려지지 않는 미래를 슬퍼하며 술잔을 기울이다가 집에 온 다음 날, 자취방 냉장고 문을 연다. 커다란 플라스틱통 안에 부모님이 보내 주신 반찬이 있다. 이걸로 밥이나 먹어야겠다. 잠시만, 이거 언제부터 있던 반찬이지? 2주 정도 된 것 같은데. 아니다, 한 달은 됐겠다. 무침 반찬은 한 달 정도는 먹을 수 있을 거야. 조선시대에는 이런 거 만들어 놓고 겨울 내내 먹었을 테니. 그래, 먹자.

　　배탈로 크게 고생하고 나면 나처럼 모자란 인간이라도 나름의 깨달음을 얻는다. 오래된 것은 버린다. 의심스러운 것은 먹지 않는다. 결론은 냉장고에 최소한의 음식만 넣어 두고 필요한 건 그때그때 사서 먹는 것. 문제는 20년 전엔 레토르트 음식이나 배달이 지금처럼 발달하지 않았기 때문에 중국 음식이나 족발, 피자 같은 것 말고는 주문하기가 힘들었다. 얼려 놓은 고기를 녹여 밥 위에 올린 단순한 덮밥에 김치 정도만 곁들이는 일이 일상이었다. 간단하게, 약식으로 밥 먹는 게 습관이 됐다.

　　결혼 초엔 우리 부부도 집에서 음식을 만들어 보려 했다. 아내가 요리, 나는 설거지를 맡아 복작복작 준비했다. 둘 다 직장인이라 평일엔 힘들다면 주말에라도 요리를 해 보려 했다. 하지만 결국 포기했다. 갑자기 생기는 야근과 저녁 약속에 집밥을 못 먹는 날이 생겼고, 준비해 둔 재료는 음식 쓰레기가 되기 십상이었다. 밥통 속 남은 밥은 늘 쉰내를 풀풀 풍겼다. 결국 신혼 때 산 압력밥솥을 어머니께 선물로 드리고 햇반으로 교체했다.

잘 챙겨 먹어야 한다는 강박에 어떻게든 요리를 해 보려고는 했다. 갑자기 아내가 요리에 취미가 생겼을 땐 레스토랑 수준의 음식이 식탁 위에 오르기도 했다. 하루는 마라탕, 다음 날은 보리 리소토. 하지만 아내의 많은 취미가 그렇듯 요리 취미는 어느 순간 사라졌고, 집에 각종 요리 도구와 예쁜 테이블웨어만 남기고 말았다(절대 아내 비난은 아니다. 그림 취미 때문에 생긴 이젤, 발레 취미 때문에 생긴 발레복, 베이커리 취미 때문에 생긴 각종 과자틀……).

사실 아내의 요리 취미가 사라지는 걸 오히려 반겼다. 맛있는 요리야 좋지만 요리하는 데 한 세월, 설거지하는 데 한 세월 걸리니 직장인의 작고 소중한 자유 시간이 훨훨 날아가 버려 힘들었다. 그런고로 우리 부부는 집밥만큼은 약식을 택했다. 일반적인 주말 패턴은 집 밖에서 소위 '제대로 된 식사'를 하고, 저녁은 집에서 최대한 가볍게 먹는다. 식사라고 꼭 밥을 먹는 것도 아니어서 딸기, 빵, 그릭 요구르트 같은 음식을 밥 대신 먹기도 한다. 점심, 저녁으로 기름진 음식만 먹는 것보다 속도 편하고 좋다.

이처럼 다른 일상도 약식으로 하는 게 꽤 많다. 집안 대소사 챙기는 것도 약식으로, 청소니 뭐니 살림도 최소 노력, 최대 효율로 한다. 약식으로 해결한 후 남은 시간은 오로지 우리 둘만의 시간이 되니 만족감은 쑥쑥 올라간다. '결혼하면 이것저것 하느라 내 시간은 하나도 없겠지?'라고 고민하는 게으른 자유주의자들이 있다면 참고하시길. '제대로' 되지 않은 약식생활이 오히려 슬기로울 수 있답니다.

약식생활도 부부끼리 성격이 맞아야 하는 것 같다. 예전에 "결혼해서 아이를 가질 의향이 있습니까?" 등 가치관과 관련한 질문을 해서 비슷한 사람끼리 매칭시키는 앱이 있었다. 하지만 결혼해서 살아 보니 정치 이념이나 종교처럼 거시적인 이슈는 딱히 중요하지 않은 것 같다(우리 부부는 선거 때마다 다른 정당을 찍는다). 진짜 물어봐야 할 것은 사소한 일상 취향, 즉 "밥 먹을 때 국 없어도 괜찮아?" 이런 것이다.

부부 사이에도

대화의 합이 있다

밤늦게 퇴근한 아내가 너무 피곤해서 세수만 하고 자겠다고 외친 후 화장실로 향한다. 화장을 지우려던 아내는 문득 내가 곁에 없음을 알아챈다.

"오빠! 오빠의 역할을 해야지!"

소파에 앉아 격투기 방송을 보던 난 역할을 다하고자 화장실 문가로 향한다. 휴대폰을 켜고 뉴스를 검색한다.

"자, 오늘 주요 뉴스는 뭐가 있을까. 중국과 인도 국경에서 군인 간에 싸움박질이 났다고 하네요. 인도 친구들이 많이 다쳤다는데?"

주요 뉴스부터 유머 게시글까지 검색해서 세수하는 아내에게 주절주절 이야기한다. 난 우리 집에서 '아내에게 자기 전 이것저것 말해 주기 ASMR'을 담당하고 있다.

액션 영화를 찍을 때 액션 동작을 계획하는 것을 흔히 '합을 맞춘다'고 표현한다. 잘못 뻗은 주먹이나 발에 상대가 진짜로 맞으면 안 되기에 어떻게 움직일지 미리 짜 두는 것이다. 주먹이 왔다 갔다 하는 액션 영화의 합처럼 부부 사이에도 대화의 합이 있다고 생각한다. 한쪽이 농담을 던지면 다른 쪽이 상대의 이야기를 받아 주는 것. 예능 방송처럼 대화의 분량이 적절히 채워지면서도 자연스럽게 이어지는 대화가 중요하다. 우리 부부 사이에선 대화의 분량이 나에게 확 몰려 있다. 아내는 주로 듣는 역할, 난 말하는 역할을 담당한다. 굳이 따지면 아내 2, 나 8 정도의 분량으로 말을 한다.

하지만 오해는 금물. 원해서 말하는 역할을 맡은 게 아니다. 원래 난 대화를 주도하는 성격이 아니다. 어릴 적부터 또래 무리에선 늘 듣는 역할을 담당해 왔다. 세상사에 대해 아는 게 적은 데다 혀가 짧아 발음이 새는 편이기도 하고 대화엔 젬병이었다. 그런데 20대 때 취업 스터디에서 너무 마음에 드는 사람, 즉 지금의 아내를 만났는데 그녀가 무려 "전 아는 게 많고, 저에게 이것저것 말해 주는 사람이 좋아요"라고 하는 바람에 잘 보이려고 온갖 주제를 예습(?)해 '말해 주기'에 열중했다. 이 역할이 여차여차하다 고정돼서 결혼한 지 10년이 된 지금까지 이어진 셈이다.

아내가 이야기를 매 순간 듣고 싶어 하는 것은 아니고, 특별히 원하는 타이밍이 있다. 앞서 말했듯 화장실에서 세수할 때, 그리고 잠자기 전이다. 처음엔 하루 일과를 이야기했다. 하지만 내가 회사와 집을 쳇바퀴 돌 듯 왔다 갔다 하는 직장인이다 보니 점점 해 줄 말이 없어졌다.

"오늘은 출근해서 일을 했고요. 점심엔 돼지국밥을 먹었어요. 그리고 뭐더라. 맞아, 퇴근을 했네요!"

"오빠, 재미없어."

그래서 궁여지책으로 찾은 방법이 뉴스 읽어 주기였다. 휴대폰으로 뉴스를 검색하면 끝없는 소재가 쏟아졌다. 대학생 시절 언론학개론을 공부했을 때 배운 뉴스의 가치는 근접성, 시의성, 영향성, 신기성 등이다. 독자에게 가까운 이야기일수록, 최근 사건일수록, 많은 사람에게 영향을 끼칠수록 뉴스 가치가 있다는 말이다. 하지만 아내가 유일한 독자인 '우리 집 뉴스 방송'엔 조금 다른 룰이 있다. 신기한 이야기는 좋지만 너무 잔인한 이야기나 짜증나는 뉴스는 안 된다. 반쯤 졸면서 세수하는 아내에게 살인 사건 이야기를 하는 건 좀 아니지 않나. 대부분의 정치 뉴스도 '짜증' 기준에서 다 걸린다.

　별로 중요하진 않아도 재밌는 뉴스, 귀여운 뉴스면 좋다. 예컨대 호주에서 벌어진 코알라의 싸움 뉴스. 코알라 두 마리가 대로변에서 서로의 머리를 콩콩 때리며 다퉜지만 양쪽 모두 크게 다치진 않았다. 오히려 다친 건 그 모습을 본 호주인들의 마음으로, '우리 귀여운 코알라들이 저런 짓을…… 흑흑' 하며 울었다던데.

　"오빠, 코알라도 싸워?"

　"몰라. 안 싸우는 줄 알았는데. 성격이 거친 애들이 있나 봐."

　이렇듯 실없는 대화를 이어 갈 수 있으면 좋은 뉴스다. 내 이야기를 듣던 아내가 잠에 빠지면 난 아내의 침실에서 스르륵 나와 내 방으로 향한다. 영화를 보거나 게임을 하는 등 취미 활동을 시작한다. 이런 생활이 몇 년이 지나도록 이어졌다.

그런데 최근 생긴 의문이 있다. 아내가 내가 말하는 '내용'보단 '말이 오가는 따스한 분위기'만 즐기는 것 같다는 의혹이다. 어느 날, 온라인 뉴스가 코로나19 소식으로 도배돼서 몇몇 뉴스를 거짓말로 짜내서 말했다. 말이 안 되는 뉴스였지만 아내는 별 의문이 없었다. 크게 신경 써서 듣는 것 같지 않았다. 말을 멈추면 그제야 감기던 눈을 부릅뜨고 항의할 뿐, 다시 목소리가 울려 퍼지면 듣는 둥 마는 둥 혼미한 원래의 표정으로 돌아갔다. 이럴 거면 그동안 왜 그렇게 이야기 소재를 고민했을까. 아무리 생각해도 내가 ASMR이 된 것 같은데.

연인 목소리를 ASMR처럼 느끼는 사람이 있나요? 아기들이 잘 때 책 읽어 주는 것과 비슷하게 흔한 것이죠?

주먹이 왔다 갔다 하는 액션 영화의

합처럼 부부 사이에도 대화의 합이

있다고 생각한다. 한쪽이 농담을

던지면 다른 쪽이 상대의 이야기를

받아 주는 것. 예능 방송처럼

대화의 분량이 적절히 채워지면서도

자연스럽게 이어지는 대화가 중요하다.

작지만

밉지 않은 우김

"오빠, 내 생일 선물 뭐 줄 거야?"

"몰라. 생각해 볼게."

"사실 나 받고 싶은 거 있는데. 이번 주말에 사러 갈까?"

"원하는 선물을 주는 건 좋지. 하지만 생일은 아직 두 달이나 남았잖아."

그렇다. 아내의 생일은 7월 말, 대화를 나눌 당시는 6월 초. 생일까지 50일도 넘게 남은 시점이었다. 하지만 아내는 선물 주는 시점은 정해져 있지 않으며, 자기 마음은 이미 생일이기에 선물 주기 적절한 타이밍이라고 주장했다. 게다가 여름옷을 7월 말에 사는 것도 이상하지 않냐고 덧붙였다. 여름옷을 사고 싶은데 때마침 생일 선물을 들먹이는 것 같지만 어쩌겠는가. 어차피 줄 거라면 기분 좋게 주는 게 좋다. "H 말이 딱 맞네. 오늘부터 생일! 선물 사러 가자!"

아내는 늘 사소한 것을 우긴다. 며칠 전엔 술 약속으로 밖에 나가는 나에게 말했다.

"오빠, 또 술 마시러 나가지! 오늘은 집에 있어."

"또라니? 3주 내내 집에만 있다가 저녁 약속 처음 잡은 거잖아. 게다가 이번 주 내내 술 마시러 나간 사람은 H라고! 매일 나 혼자 저녁 먹었는걸."

"조용히 해!"

논리가 막히니 억지부터 부리는데 난 그 모습을 귀여워한다. 글로만 읽으면 왜 귀엽냐고 하겠지만, 뭐랄까. 만화 속 밉지 않은 악당 캐릭터, 예컨대 〈스폰지밥〉의 징징이가 우기는 느낌이랄까. 표독스럽거나 기분 나쁜 느낌을 주지 않는다.

"나 아이스크림 먹고 싶어!"

"아까 사 온다고 할 땐 필요 없다며."

"그땐 안 먹고 싶었고 지금은 먹고 싶어졌어. 편의점에서 사 와. 빨리!"

얼토당토않은 논리로 잘잘못을 가리는 영역마저 초월하며, 의견이 관철되지 않아도 "흥!" 하면서 포기할 뿐이니 더욱 귀엽다.

이렇게만 쓰면 마치 자상한 남편이 아내를 마냥 보듬어 주는 듯 보이지만 그렇지 않다. 가끔은 나도 우긴다. 하지만 나의 우김은 아내와 차원이 다르다. 아내의 '작지만 밉지 않은 우김'과는 달리 '가끔이지만 미운 우김'이다.

얼마 전 식기세척기를 구매하는 일이 있었다. 아내는 식기세척기를 사자고 했고 난 반대했다. 설거지하는 시간을 줄여 우리가 함께하는 시간을 늘이자는 타당한 주장이었지만 무조건 반대했다. 처음엔 웃으며 반대하다가 연거푸 주장하는 아내에게 "어쨌든 절대 사지 않을 거야. 구매하면 반품할 것이니 그런 줄 알아"라며 매몰차게 답했다. 난 집에 물건을 들이는 데 병적인 거부감이 있다. 집이 좁다는 표면적 이유와 더불어, 결혼 직후 겪은 경제적 고통의 경험도 작용한다. 한때 돈이 없어 곤란하던 경험은 트라우마로 남아 얼마짜리 이상의 물건을 구매하는 데 거부감을 갖게 했다. 하나둘 사다 보면 물건 사는 것이 버릇이 될 거라는 과도한 불안감도 있다. 식기세척기는 단순한 식기세척기가 아니라 재산이 거덜나는 신호탄이라고 과장되게 생각하는 것이다.

하지만 솔직한 마음은 말하지 못한다. 입 밖으로 내뱉는 순간, 마음속에 묻어 놓은 아픔이 함께 나올까 두려워 다른 이유만 둘러댄다. 말문이 막히면 나도 모르게 아내에게 짜증을 부리고 만다. 그런데 여기서 신기한 일이 벌어진다. 평소 그렇게 우김쟁이던 아내가 귀신같이 내 기분을 포착하고 자기주장을 포기한다. "알겠어. 대신 설거지는 제때 해 줘. 음식물이 묻은 접시가 싱크대에 가득하면 집이 쾌적한 느낌이 들지 않는단 말야. 알겠지?"

"집에 큰 거울을 준비해 두고, 남편이 화를 낼 땐 그 거울을 보여 주거라."

할아버지께서 살아 계실 적 손주 며느리인 아내에게 결혼생활에 대해 조언해 주신 적이 있다. 내가 메두사도 아니고 거울을 보여 주라는 건 왜일까. 그건 아마 화내는 사람은 자기 모습이 얼마나 추한지 알아채지 못하니, 거울을 통해 자신의 적나라한 못남을 마주하면 화가 눈 녹듯 사그러질 거라는 말일 테다.

인간이란 완벽하지 못하기에 결혼한 부부 모두 각자 비뚤어지는 순간이 있다. 아내는 일상적으로 자잘하게 비뚤어지고, 난 가끔 크게 비뚤어진다. 그럼에도 우리 부부가 큰 갈등이 없는 것은 아내 덕이다. 비뚤어지는 순간에 격차를 두어 최악의 순간엔 보듬어 주고, 나머지는 모두 실리를 추구한다. 진짜 거울은 아니지만, 놀라운 이해심으로 나 자신의 모습이 어떤지 돌아보게 한다.

한 달 후 7월, 아내는 내게 두 번째 생일 선물을 요구했다. 선물을 너무 빨리 받았기에 한 번 더 받아야 생일 기분도 나고 좋다는 것이다. '생일 선물 2'로는 집에서 입을 편한 원피스를 골랐다.

돈이 하나도 없던 시절을
행복하게 기억하는 이유

'정신승리'.

중국의 대문호 루쉰이 소설 《아큐정전》에서 처음 쓴 말이다. 소설 속 주인공 아큐는 매번 무시당하고 얻어맞으면서도, 물질적 세계에선 졌으나 정신으론 승리했다며 자신을 위로한다. "그냥 맞고만 있던 것은 오히려 내 관용을 빛낸 것이다"라는 식이다. 루쉰은 현실 개혁의 의지 없이 자기 기분이 좋아지는 쪽으로만 세상을 해석하던 당대 중국인을 비판하고자 이 단어를 썼지만…….

결혼 2년 차 시절, 회사 MT차 제주도로 놀러 갔을 때의 일이다. 참여 인원이 100여 명이나 되는 MT라 담당자가 제아무리 힙스터라 해도 뻔한 관광 코스를 택할 수밖에 없었다. 그 인원이 들어갈 만한 곳은 유명 관광지밖에 없기 때문이다. 이미 제주도를 여러 번 여행했던 나로선 딱히 감흥이 없었다. 하긴, 회사 MT에서 재미를 찾는다는 게 애초에 무리일 테다. 우리 일행은 제주 단체 관광의 필수 코스인 오설록 티뮤지엄을 방문했다. 회사에서 사 준 녹차 아이스크림을 스푼으로 잘게 쪼개며 심드렁해하고 있을 때 모르는 번호로 전화가 왔다. 주택 대출을 해 준 은행이었다.

"이정섭 고객님이시죠. ○○은행 이용해 주셔서 감사합니다. 다름이 아니라 대출 이자 나가는 통장에 잔액이 부족해서 연락드렸어요. 다른 계좌에서 이체해 주시면 괜찮으니 걱정 마세요."

전화를 끊고 나자 걱정이 됐다. 전혀 괜찮지 않은 기분이었다. 대출 이자를 갚을 다른 계좌 따위는 존재하지 않았기 때문이다.

배부른 소리일지 모르지만 평생 돈으로 곤란해 본 적이 없다. 중산층 집안에서 태어난 데다 씀씀이가 큰 편도 아니었다. 대학생 시절부터 통장엔 늘 잔고가 차 있었다. 하지만 결혼을 하며 상황이 바뀌었다. 우선 집을 사는 바람에 빚이 쌓였는데 결혼한 사람 대부분이 마찬가지일 테니 넘어가고(사실 전세푸어가 더 많겠지), 문제가 생긴 건 아내 유학비 탓이었다. 신문 기자였던 아내는 기자직에 염증을 느껴 커리어 전환을 꿈꿨다. 진지한 논의의 끝에 경영학 MBA를 선택했고, 그중에서도 2년짜리(국내 1년, 해외 1년) 코스를 골랐다. 적지 않은 나이에 제대로 커리어를 전환하려면 외국 석사 타이틀이 필요하다고 생각했다. 하지만 학비, 교재비, 생활비 등 총 비용을 어림짐작해 보니 정신이 아득해졌다. 내 연봉보다 훨씬 많았다고만 해 두자.

"H, 지금 그 소리 들었어?"

"무슨 소리?"

"뚝. 나 등골 부러진 것 같아."

계산기를 열심히 두들겨 매우 매우 아껴 쓰면 (수학적으로) 가능하다는 결론이 나왔다. 유학 가는 날 공항, 우리는 1년간의 헤어짐을 슬퍼하며 정을 나눴다. 아내를 보러 갈 비용이 없기에 1년 동안 꼼짝없이 못 보는 것이었다. 아내가 향한 인디애나는 땅덩이는 크지만 반쯤 시골 같은 곳이라 생활비는 적게 들었다. 거주하는 집 베란다에 큰 새가 자주 날아온대서 보내 준 사진을 봤더니 콘도르(맹금류의 일종)일 정도로 시골이었다. 주거비나 식료품비 모두 저렴했고, 자잘한 의약품은 학교 보건소 같은 곳에서 주니 돈 들일이 적었다.

안 다행인 점은 가까운 마트도 집에서 수십 킬로미터 떨어져 있다는 것이었다. 차 빌릴 돈도 없어 대중교통을 이용해야 하는데 그게 또 엉망이라 아내는 집과 학교만 왔다 갔다 했다. 겁이 많은 아내는 해가 지면 숙소에 틀어박혔다. 아내가 들어간 코스는 직장생활 경력이 있어야 진학 가능한 과정으로, 학생들 대부분은 직장에서 보내 준 이들이었기에 다들 어느 정도의 여유 자금이 있었다. 방학이 되자 학생들은 함께 이곳저곳으로 여행을 떠났다. 하지만 돈이 없던 아내는 그냥 숙소에만 있었다. 그 얘기를 듣고 자괴감을 느낄 찰나, 아내는 "그래도 미국이잖아. 미국 분위기만으로도 난 좋아"라고 말했다. 진짜 좋은 건지 말만 그런 건지 모르겠지만, 자신은 친미 사대주의자이며 미국스러움을 느끼는 것만으로 충분히 행복하다고 했다. 많은 유학생이 그렇듯 식비 절감 차원에서 집에서 음식을 만들어 먹던 아내는 가끔 외식을 할 땐 '치폴레'를 찾았는데, 한참 후에 치폴레가 저렴한 멕시코 음식 체인점이란 것을 알았다. 메시지로 사진을 보내며 자랑할 땐 그저 맛있어 보였다. 그때의 경험 때문인지 우린 지금도 멕시코 음식을 좋아한다.

9월에 시작한 코스라 유학 중간에 봄 방학이 있었다. 그런데 예상치 못하게 봄 방학 대신 봄 학기를 진행한다는 소식을 들었다. 게다가 충격적이게도 봄 학기 학비가 따로 있었는데, 내 통장에 있는 돈보다 훨씬 컸다.

"돈이 조금 부족하긴 한데, 기다려 봐."

"많이 부족해? 나도 여기서 알아볼까?"

"아냐. 해결할 수 있을 거야. 기다려 봐."

지금 내가 말하는 가난은 '지속적 가난'이 아닌 유학이 끝나면 사라지는 '한시적 가난'이다. 하지만 평생 돈 없음의 아픔을 겪어 보지 못한 내게 이 상황은 큰 우울감을 줬다. 집안의 물건을 팔아 돈을 마련했다. 이때 내 결혼 반지도 팔았다.

돈 마련으로 분주했던 늦겨울이 끝나고, 인디애나와 서울에 봄이 왔다. 봄 학기 비용을 마련해 마음이 포근해진 우린 메시지를 주고받았다. 아내가 사진을 보냈다. 중고로 팔기 전에도 이미 중고로 사서 곧 망가져도 이상하지 않은 난로부터, 길에서 주워 온 것 같이 보였는데 실제로 주워 온 행거까지. 웬 허접한 물건들을 마당에 내놓고 앉아 있는 모습이었다.

"뭐 하는 거야?"

"나 개라지garage 세일 나왔어."

"그게 뭔데?"

"잘 안 써서 창고에 넣어 둔 중고 물건을 필요한 사람들에게 다시 파는 거야."

"흠, 아무도 안 살 것 같은데. 사는 사람이 있어?"

"아무도 안 사, 흑흑. 근데 불쌍하다고 백인 꼬마애가 하나 사 주고 갔어."

아내가 물건 앞에서 우는 표정을 짓는 사진을 보냈다. 메시지로 깔깔 웃어 댔다.

"이성으로 비관하더라도 의지로 낙관하라."

대학 시절 자주 들었던 사회주의 사상가 안토니오 그람시의 명언이다. 우리는 살면서 노력으로 피할 수 없는 힘 듦을 마주한다. 돈이 사라지고, 몸이 아프고, 배신당하고, 마음속엔 상처가 생긴다. 그런데 이때 우리가 심각하게 망가지지 않고 버텨 낼 수 있다면 그 힘은 무엇일까? 나는 '정신승리'라고 생각한다. 상황을 바라보는 프레임을 뒤틀어 비관스러운 현실도 개그로 전환하는 힘 말이다.

우리 부부가 겪은 소소한 가난은 별거 아니라면 아니지만, 한편으로는 자칫 갈등의 씨앗이 될 수도 있었다. 결혼생활의 갈등 대다수는 갈등 자체의 내용 때문이 아닌, 갈등에 반응하는 서로의 모습에서 시작하니까. 가난했던 유학 시절은 우리 부부의 정신승리가 합쳐져 돈은 없지만 재밌었던 시절로 기억된다.

　　"그때 힘들었던 것 같긴 한데 이상하게 재밌었어."

　　"그러게. 왜지?"

근거 있는

행복감

결혼을 빨리 한 편이라 친구들에게 결혼생활이 행복하냐는 질문을 자주 받았다. 비혼 혹은 결혼의 갈림길에서 참고할 의견을 묻는 것인데 그때마다 답하기가 어려웠다. 좋을 때도 있고 안 좋을 때도 있는데 행복한 건가? 행복이 넓고 주관적인 개념이라 판단을 못 한 것이다.

얼마 전, 대기업의 직원 행복 콘텐츠를 만들기 위해 사회심리학 교수님을 초빙해 특강을 들었다. 한 학기 강의를 압축해 하루 여섯 시간씩 이틀간 이어진 특강으로, 내 행복도는 조금 떨어졌으나 재밌는 정보도 얻었다. 특히 심리학자 바버라 프레드릭슨이 주장한 '삶을 행복하게 만드는 열 가지 긍정적 감정'이 흥미로웠다. 아래에 소개하는 감정을 살면서 자주 느끼면 그 삶은 행복에 가깝다고 한다.

1. 기쁨

우연히 방문한 음식점이 취향에 딱 맞거나, 평소 꼭 가보고 싶던 호텔을 특별 할인 기간에 싸게 예약했을 때의 기쁨, 즉 우리가 흔히 "기쁘다"고 할 때의 그 기쁨이다. 행복해지는 데 어렵고 추상적인 수단만 있는 건 아니다. 기쁜 일이 자주 발생하는 삶은 행복하다는 뻔하다면 뻔한 이야기다. 그런데 정말 맞다고 생각한다. 우리 부부는 아주 열심히 기쁨을 추구한다. 지금도 우리는 강북권 최고의 파스타 집을 찾는다고 여기저기 묻고 맛보고 다닌다. 며칠 전 먹은 화이트 라구 파스타는 말 그대로 기쁨이었다.

2. 재미

티브이 프로그램 〈놀면 뭐하니?〉를 보며 깔깔댈 때, 바로 이 '깔깔'이 재미다. 고작 재미? 들을수록 행복이 별게 아닌 것처럼 보인다. 자주 재밌어하는 삶도 행복하다고 한다. 우리 부부는 자주 웃는다. 물론 아내는 화도 자주 내지만…… 자주 웃기도 하니까 괜찮다. 내 할아버지는 생전에 자주 웃는 분이 아니셨다. 남자는 함부로 감정을 드러내면 안 된다는 교육을 받은 분이라 그랬다. 손주인 나를 보면 드물게 웃으셨는데, 평소 웃는 경험이 적어서인지 자연스럽지 않게 인상을 찡그리며 웃으셨다. 할아버지를 존경하지만 그분의 삶이 행복과는 거리가 있었다고 생각한다. 근엄한 삶도 가치는 있겠으나 행복한 삶과는 거리가 있다는 말이다.

3. 감사

누군가에게 감사함을 자주 느끼면 행복해진다고 하는데 과연 그런가 의문스럽다. 나와 아내는 서로 자신에게 감사하라고 옥신각신한다. "오빠는 나 없이 혼자 살았으면 인스턴트 음식만 먹으면서 건강 다 망쳤을 거야. 다행인 줄 알아." "어이구, 이것 봐라. H는 나 아니었으면 혼자 살았을걸. 나한테 고맙지 않아?" 서로 자기에게 감사하라고 우긴다. 그런데도 행복하다. 행복한 감정에 대한 새로운 이론 추가. '상대의 감사한 마음'을 '내'가 자주 느껴도 행복하다.

4. 희망

오늘보다 내일이 조금이라도 나아질 거란 감정이다. 인

간은 오늘의 행복으로만 살 수 없다. 늘 앞날이 어떻게 될지 걱정하는 존재이기 때문에 희망이란 감정을 자주 느끼면 행복해진다고 한다. 사람들은 우리 부부에게 나이 들어서 둘만 있으면 외롭지 않겠냐고 말한다. 다음 세대가 없으면 어떤 희망이 있냐는 것의 다른 표현이기도 하다. 부정하지 않는다. 그들의 말처럼 희망이 없다는 느낌을 받을 수도 있다. 하지만 우리는 남들 눈엔 반복돼 보이는 삶 속에서 사소한 발전을 찾기로 했다. 내년엔 돈을 모아 넓고 푹신한 소파를 사야지. 그 소파에 함께 앉아 영화를 보면 행복하겠지. 아내는 회사에서 승진을 하고, 난 이렇게 또 한 권의 책을 쓰고. 5년 뒤 혹은 10년 뒤를 생각했을 때 우리 곁에 사소한 변화는 있을 것이고, 그 정도 희망의 감정이면 충분하다고 생각한다.

그 외에 평온, 흥미, 자부심, 경외, 영감, 사랑 등 여러 감정이 있다. 교수님은 이 중 자주 느끼지 못하는 감정이 있으면 좀 더 적극적으로 추구해 보라고 덧붙이셨다. 강의에서 특히 내 귀에 쏙 꽂힌 것은 감정의 강도가 아닌 빈도가 행복에 더 큰 영향을 준다는 연구 결과였다. 대단한 재미나 큰 기쁨을 가끔 느끼는 사람보다 자잘한 재미, 사소한 기쁨을 자주 느끼는 사람이 스스로 더 행복하다고 여기는 경향이 강하다고 한다.

우리 부부 역시 힘든 일을 겪었다. 때론 돈 때문에, 때론 이기심으로 여러 갈등이 있었다. 그런 아픔은 두 사람의 마음속에 쌓여 있다 문득 튀어나와 잘못된 언행을 하게 만들고, 우리 삶을 '안 행복'하게 만든다. 그런 마음을 바로잡는 방법은 대단한 게 아니다. 자주 재밌으면 혹은 자주 흥미로우면 그렇게 쌓인 감정은 '인생이 살 만하다'란 생각의 근거가 된다. 기분 좋은 느낌이 적금 쌓이듯 쌓여서 언젠가 찾아오는 힘든 상황도 이겨 낼 수 있게 한다.

맨날 좋은 기분만 든다면 그것도 문제다. 바버라 프레드릭슨은 저서 《내 안의 긍정을 춤추게 하라》에서 부정적인 감정의 역할을 말했다. 우울, 좌절 같은 부정적 감정은 자신의 삶을 돌아보고 실수를 반성하게 만든다. 맨날 기분이 좋아 대책 없이 낙천적이면 큰일 난다고 한다. 그렇다면 긍정적 감정과 부정적 감정의 적절한 비율은? 11 대 1에서 최대 3 대 1까지. 세 번 즐거울 때 한 번 우울한 것까진 괜찮다고 한다.

우리는 남들 눈엔 반복돼 보이는
삶 속에서 사소한 발전을 찾기로 했다.
5년 뒤 혹은 10년 뒤를 생각했을 때
우리 곁에 사소한 변화는 있을 것이고,
그 정도 희망의 감정이면 충분하다고
생각한다.

서로를 이해하기 위한

진짜 소통

알고리즘의 손길은 신묘해서 늘 내게 고양이 콘텐츠를 보여 준다. '고양이가 가장 싫어하는 행동 다섯 가지' '초보 집사의 냥냥이 접대 영상' 등 애묘인들이 좋아할 내용이 내 SNS에 자주 뜨는 것이다. 난 고양이를 딱히 좋아하지 않는다. '고양이'란 키워드를 검색해 본 적도 없다. 그러던 어느 날 SNS에 '골골거리다 손을 꽉. 고양이 기분이 갑자기 바뀌는 까닭'이란 제목의 기사가 떴다. 손가락이 링크위로 향했다. 정말이지 궁금했다. 어머니가 키우시는 고양이를 돌볼 때마다 내가 겪는 상황이었다. 부비대는 고양이의 목을 긁어 주면 골골골 좋아하다가도 갑자기 손가락을 콱 물었다. 피가 난 적도 있었다. 궁금한 마음에 링크를 클릭했다(이렇게 알고리즘은 미소 짓고).

일본의 고양이 잡지 〈고양이의 마음〉 기사를 번역한 내용이었다. 고양이의 마음속에는 서로 다른 네 개의 마음이 함께 있다고 한다. 부모 고양이 기분, 아기 고양이 기분, 반려묘 기분, 야생 고양이 기분. 때론 부모처럼 집사를 챙기고, 때론 아기처럼 사랑을 갈구하는 식. 사람도 네 가지 마음 정도는 있으니 별다를 게 없다. 하지만 고양이의 특징은 마음 모드가 순식간에 바뀐다는 점이다. '엄마, 여기 긁어 주세요. 거기 말고 여기요. 기분이 참 좋은…… 사냥감이다. 콱!' 이런 식이다. 동물이라면 본디 감정 변화가 단계적이어야 하지 않을까. 애교→덤덤→불만→사냥처럼 말이다. 기사 속 동물학자는 고양이의 마음이 급발진하는 이유를 고양이가 야생에서 혼자 지내는 동물이기에 그렇다고 전했다. 무리를 이루고 사는 동물이 아니라 남들 눈치를 전혀 보지 않기 때문이라고 했다.

그렇다면 내 아내의 마음이 갑자기 확 바뀌는 이유는 무엇일까? 결혼 초엔 주말에 함께 나들이하고 집에서 영화를 보며 편안히 있다가도 갑자기 사소한 이유로 심하게 화내는 아내를 정말 이해하지 못했다. 재활용 쓰레기를 일반 쓰레기통에 버렸다, 창문을 열어 놓았다는 등의 이유였다. 화내지 말라고 하면 더 목소리가 커졌고 난 그 모습이 지킬 박사와 하이드 같다고 생각했다. 나도 맞받아 함께 화냈고, 주말 저녁은 곧잘 씩씩대며 각자의 방으로 향하는 모습으로 끝나곤 했다.

'여자가 화낼 땐 이유가 있어서가 아니라 화내고 싶은 기분이 들어서다'라는 이야기를 주변 남자들에게서 종종 들었던 터라 아내의 화를 자연재해로 여겼다. 이유 없이 벌어지는 일이고 어쩔 수 없이 버텨야 할 사건이라고 생각했다. 그러나 완전히 잘못된 생각이었다. 여러 번의 싸움 끝에 언젠가 아내가 차분하게 말했다. 자신은 갑자기 화내는 게 아니라 지속적으로 요청해 온 것을 내가 전혀 받아들이지 않기에 참다 참다 터지는 것이라고. 아파트 낮은 층에 살기에 나에겐 고작 창문 안 닫는 일이 아내에겐 누군가 침입할지도 모른다는 무서운 일로 여겨진다. 그래서 몇 번이고 창문을 연 채로 두지 말라고 요구했지만 난 대충 넘기며 계속 창문을 열어 두었다. 무시당하는 여러 요구 사항 중 특정한 한 가지에서 분노가 폭발하면 난 그 사항 하나만

언급하며 무슨 큰일이냐고 하니 분통이 터지지 않겠냐는 이야기였다.

듣고 보니 다 맞는 말이었다. 서로에 대한 마음의 여유는 저절로 자라나지 않는다. 귀로만 듣는다고 소통이 아니다. 상대가 원하는 게 무엇인지를 자세히 알아보려는 마음이 진짜 소통이다. 소통이 돼야 남편과 아내 사이에 여유가 생기는 것이다. 아내가 화내는 원인에는 관심 없이 '화'라는 현상에만 신경 썼다니. 나란 존재도 참 모자라다. 아내의 불만을 이해한 후 나는 조금씩 바뀌었다. 먹고 남은 음식은 밀폐용기에 담고, 쓰레기통에 쓰레기가 넘치도록 밀어 넣지 않는다. 여전히 실수는 있지만(많지만), 자기 말에 귀 기울이고 있다는 점에서 아내는 전보다 여유로워졌다.

"20대 때로 돌아가고 싶지 않아?"

언젠가 친구가 술자리에서 말했을 때 난 되물었다. "지금 기억 그대로 가지고 가는 거야?" 취했던 터라 이후 대화는 기억나지 않지만 예상은 된다. 기억을 지우고 가든 갖고 가든, 내 답은 정해져 있다. 기억을 지우고 가면 아내를 만나지 못하거나, 만나더라도 싸워서 헤어질 수 있다. 기억을 갖고 가면 지금껏 아내와 해 온 모든 과정을 재탕해야 한다.

서로 딱 맞는 우리의 관계는 수많은 갈등을 해결하며 만들어 낸 것이다. 이번 생이 베스트이며 다시 지금처럼 해낼 자신이 없다. 그래서 나는 20대 때로 돌아가고 싶지 않다.

서로에 대한 마음의 여유는 저절로
자라나지 않는다. 귀로만 듣는다고
소통이 아니다. 상대가 원하는 게
무엇인지를 자세히 알아보려는 마음이
진짜 소통이다. 소통이 돼야 남편과
아내 사이에 여유가 생기는 것이다.

바보가 된

토막 사연 2

1. 합리적인 육아

유유상종인지 주변에 아이를 키우는 친구들이 거의 없다. 나랑 비슷한 30대 중반에서 40대 초반 사이의 친구가 대부분이라 관습적으로는 아이가 있어야 하지만 현실은 그렇지 않다. 나의 친구 영역에선 딩크가 일반이고 출산이 특이 케이스일 정도. 그러던 중 친구 S에게 아이가 생겨 우리들의 관심을 사로잡았다. 다들 "오, 이것이 아이라는 존재인가" 하며 인류 멸종 SF 영화의 한 장면처럼 신기해했다.

이후로도 S의 육아는 많은 면에서 눈길을 끌었다. 우선, 출산한 지 오래되지 않았는데 술자리에 나온다. 보통 육아를 시작하면 아예 약속을 피하거나 저녁 식사 자리에 나와도 아이랑 함께 오는 경우가 많던데 S는 혼자 와서 놀다가 들어간다. 배우자와 싸우진 않을지 걱정돼 한번은 S에게 물어봤다. 부부 둘 중 한 명이 아이를 볼 동안 다른 한 명은 자유 시간을 갖는다고 했다. 아이가 조금 자라 잠자는 시간이 일정해질 무렵엔 2~3일씩 홀로 여행도 떠난다고 했다. 육아하는 부모들은 집에 유폐돼 있다시피 해 스트레스를 받는 일이 많은데, 최소한의 여유를 챙기며 육아하는 S의 모습이 합리적으로 보였다. '다른 부부들은 고정관념에서 탈피하지 못해 효율적인 길을 찾지 못하는구나'라고 생각했다. 그래서 S 부부의 육아법을 주변에 칭찬하고 다녔다.

"다른 부부는 안 되는 경우도 많을걸."

내 칭찬을 듣고는 S가 말했다. S는 본업이 음악이다. 집에서 일할 때가 많아 출산 직후부터 부부가 육아를 함께했다. 그러다 보니 아이가 아빠에게 익숙해졌다. 엄마 없이 아빠랑만 있어도 아이가 불안해하지 않는 것은 이런 이유다. 엄마, 아빠 두 사람 모두와 익숙하지 않으면 한쪽이 아이를 두고 홀로 행동하기 힘들어 결국 부부가 함께 있어야 한다고 한다. "애 낳고 얼마나 고민을 많이 하는데. 다들 어쩔 수 없을 거야. 쉽지 않아." S의 말을 듣고 다시금 깨달았다. 역시 사람은 바보가 아니며 각자의 상황에서 최선을 택한다는 것을. 여기서 바보는 함부로 판단하는 나뿐이라는 사실을.

2. 낭만적인 사람이 길치가 된다

남자는 공간 지각력이 높고 여자는 언어 능력이 높다는 류의 이야기를 자주 듣는데, 나로선 별로 공감하지 못한다. 우리 부부는 정반대이기 때문이다. 아내는 서울 시내를 내비게이션 없이도 운전할 정도로 공간 지각력이 높다. 반면 나는 완전한 길치로, 회사 가는 길도 거시적으로만 인식하고 있다. 예컨대 회사가 우리 집 남동쪽 방향에 있다는 정도로 이해한다. 당연히 회사 주소도 알고, 대중교통을 이용해 찾아가는 데도 문제는 없다. 그러나 어떤 길을 통해 가는지는 모른다. 가령 택시를 탔는데 기사님이 "○○길로 갈까요?"라고 경로를 묻는다면 무조건 "네. 그렇게 가 주세요"라고 답할 수밖에 없다.

길치가 되는 원인에 대해 내 마음대로 분석해 보자면,

우선 길치는 실제로 공간 지각력이 떨어진다. 한번은 기업 적성검사 시험에 도형 문제가 나왔다. 앞면과 옆면을 보여주고 뒷면의 모양을 맞추는 식이었는데 난 짐작조차 하지 못한 반면 친구는 재깍재깍 답했다.

"대체 어떻게 맞춘 거야?"

"음……. 그냥 상상되지 않아?"

사람마다 선천적인 공간 지각력에 차이가 있긴 한 것이다.

하지만 공간 지각력 부족은 길치를 이루는 시작에 불과하다. 더 중요한 요인은 '문학적 상상력'이다. 길치는 어떤 장면이든 심상에 주목한다. 해방촌 골목을 걸으면서 '붐빌 줄 알았는데 골목 분위기가 아늑하네. 어스름이 내려 어둑어둑한 골목, 가게의 작은 창으로 나오는 노란 불빛이 영롱하게 거리를 수놓는구나. 예전에 도쿄에서 길 잃고 현지인들만 사는 동네로 간 적이 있을 때 이런 느낌을 받았지. 그때 식당 찾느라 고생했는데. 캬~ 그것도 추억이네." 이렇게 공간의 서사성에 집중하니 지리를 기억할 리 없다.

문학적 상상력이 길치로 안내한다면, 낭만적 성격은 길치를 완성시킨다. 사람이란 어떤 행동의 결과가 매우 싫어야 그 행동을 다시 하지 않는다. 길 헤매는 게 고통스럽다면, 다음부터는 잡생각을 지우고 길을 외우려 할 것이다. 하지만 길을 잃었는데 "에잇, 뭐 언젠가는 목적지가 나오겠지. 인생이란 여행이잖아. 이왕 이렇게 된 거 천천히 산책이나 하자"가 되면 길 잃는 일은 반복되고 결국 길을 자주 잃고도 아무렇지 않은 사람, 즉 길치가 되는 것이다.

언젠가 아내가 "왜 우리는 홍대 앞에 이렇게 자주 오는데 매번 길을 잃을까?"라고 말했을 때 나의 문학적 상상력과 낭만적 성격을 언급했다. 슬쩍 웃으며 문과생과 결혼한 기분이 어떠냐고 물었다. 아내는 쓸데없는 소리 말고 대체 지금 어디로 가는 것이냐고 따졌다. 아니나 다를까, 음식점을 찾아 골목을 누볐더니 어느새 망원에 가까워졌다.

"그러고 보니 망원동도 요즘 괜찮대. 발길 닿는 음식점으로⋯⋯."

"집에 갈래!"

노후 대비를 위한

4+1

아내가 거울을 보며 앞머리에 뭔가를 바르고 있다. 다가가서 뭐 하냐고 물으니 고리눈으로 나를 노려보면서 "돈 아낀다고 셀프 염색하고 있지!"란다. 평소에 아내에게 씀씀이를 줄이라고 훈계하는 것에 대한 반발인 것 같은데 그럴 리가 없다.

"돈 아끼려고 셀프 염색한다고? 거짓말은 왜 해?"

"들켰네. 여기에 흰머리가 조금 나서 염색약 사 왔어."

흰머리라니? 아내의 이마 윗부분을 보니 정말 흰머리가 몇 가닥 자라 있다. 아내는 꽤 동안에 덩치도 작고 마른

편이라 15년 전 처음 봤을 때부터 지금까지 나이 먹는다는 느낌을 받지 못했었다. 그런데 느닷없이 흰머리라니 충격이었다. 우리도 늙기는 늙는구나.

마흔 살을 넘기며 우리 부부도 노후 생각을 조금씩 한다. 할아버지, 할머니가 되면 어떻게 살지를 고민하는 것이다. 자식이 있다고 의지할 세상도 아니지만, 아이가 없으니 걱정은 깊어진다. 혹여나 잘못됐을 때 기댈 대상이 없기 때문이다. 은퇴해도 먹고살 돈이 필요하고, 몸이 약해질 테니 그 준비도 필요하다. 한번 아프기라도 하면 연금 따위는 의료비로 탈탈 털릴 게 분명하다. 재테크의 '재'자도 관심 없는 스타일이지만 이제부터라도 조금씩 준비해야겠다고 마음먹었다.

나보다는 숫자를 잘 보는 아내가 주식을 시작했다. 돈을 벌었다고는 하는데 세부 내역을 물어본 적은 없다. 여윳돈이 빤하니 눈곱만 한 돈으로 하고 있을 테다. 벌어도 깨알같이 벌고, 잃어도 깨알같이 잃고. 그러던 어느 날 아내가 "오빠, 사실 내가 그동안 주식으로 1억 원을 벌었어"라고 한다면? 안 속을 것이다. 그럴 리가 없으니까. 여하튼 나의 비웃음+평가 절하와는 별개로 아내는 대기업에서 기업

인수를 담당하는 부서에서 일하고 있고, 주식 동호회에서 기업 분석도 하는 등 나름 전문성이 있어 우리 집에서 재테크를 담당한다.

집을 투자의 개념으로 생각하기 시작한 것도 최근이다. 지금 사는 곳이 처음으로 장만한 집인데, 결혼 직전에 이 집을 살 때만 해도 투자고 뭐고 적당히 살 수만 있으면 무조건 오케이였다. 당시 가진 돈을 생각하면 투자라고 할 것도 없었다. 아무리 돈을 빌려도 구매할 수 있는 집 리스트는 단출했고, 그중에서 너무 외곽이 아닌 지역을 택했다. 은행에서 돈을 빌리면서 손이 덜덜 떨렸다. 빚 대다수를 갚고 다음 살 곳을 고민하는 요즘엔 나도 모르게 향후 오를 집값을 고려한다. 개인적 취향은 서울 변두리 지역의 커다란 주택이다. 이 방은 작업실, 저 공간은 화원. 공간 꾸미는 상상을 하다가도 결국 오르는 건 서울 도심지 집값이란 생각에 고개를 가로젓는다. 한 번만 더 서울 도심에 살고 그 집 팔아서 목돈을 마련해 진짜배기 내 공간으로 가자.

노후 대비는 돈 준비로 시작한다. 돈과 함께 건강, 취향, 인간관계, 이 네 가지가 풀 세트로 필요하다. 건강은 다 아는 이야기이니 취향. 나이가 들면 점점 즐거운 일이 사라진다. 주변의 나이 든 지인분이 그렇다고 하신다. 난 아직 술도 좋아하고 게임도 즐기는 등 재밌는 일이 많아 절감하진 못한다. 다만 그 말을 듣고 나니 확실히 젊을 때보단 인생이 덜 재밌다는 느낌이 든다(역시 우울한 이야기는 아예 듣지를 말아야 한다). 스무 살 무렵엔 제주도 바다만 바라봐도 행복했는데 지금은 프랑스 파리 하늘 정도는 봐야 그만큼의 감동이 온다. 눈앞에 펼쳐지는 일이 그냥 재밌을 나이는 지났으니 적극적으로 내 취향을 넓히기로 했다. 일부러 맛집을 찾아다니고 30대 때 잠깐 했던 독서 모임도 다시 준비 중이다. 평생 손도 안 대던 요리도 해 볼까 고민 중이다.

다음은 노후의 적적함을 함께 채워 줄 인간관계. 과거 잡지 기자 시절엔 인간관계를 억지로 넓혔다. 지인이 있어야 아이템이 나오고, 아이템이 나와야 기사를 쓸 수 있었다. 그러다가 기자를 그만두면서 기존 인간관계를 다 버리고 급속도로 내향인으로 돌아왔다. 사람은 혼자로는 부족하다. 말 잘 통하는 아내가 있어 평생의 말벗이 되겠지만, 너무 기대면 아내도 귀찮아할 테다. 무엇보다 사람은 사람과 소통하며 새로운 자극을 받고 자기도 돌아보는 존재이기에, 아무리 행복한 부부라도 부부끼리만 소통하는 건 별로다. 다양한 사람들과 즐거운 관계를 맺고, 찾고, 유지하며 함께 소통하는 것이 노후 대비의 필수다.

아이를 키우지 않으니 육아 이야기만 하는 상대는 어렵다. 언젠가 아이가 있는 부부 모임에 참석한 적이 있는데 참 곤욕이었다. 영혼 없는 맞장구도 한두 번이지. 아이를 키우더라도 육아 이외의 소재가 있는 친구면 괜찮다. 현재는 위스키에 취미가 있는 친구들과 위스키 모임을 하고 있다. 다들 아이도 없고 취향도 다양해 위스키 이야기, 새로 개봉한 영화 이야기 등 대화의 갈래가 다양하다. 돈, 건강, 취향, 인간관계까지. 아이가 없기에 우리 부부는 서로에게 집중하며 노후를 준비하는 디테일을 챙기고 있다.

그런데 말이다. 마음 깊은 곳에선 알고 있다. 아무리 철저히 준비해도 노후의 삶은 우울해지기 마련이라는 사실을. 어느 날부터 모든 게 조금씩 안 좋아지기 시작할 것이다. 감기에 걸렸는데 이상하게 잘 낫지 않을 것이고, 친한 친구들이 하나둘 사라질 것이다. 스물아홉 살의 겨울, 할아버지 댁에 놀러 갔을 때 바라봤던 식탁의 풍경을 잊지 못한다. 할아버지, 할머니, 또 다른 나이 든 친척이 있었고 젊은 가족은 없었다. 차분하게 가라앉은 분위기. 인생의 종착역으로 치닫는 이들이 내는 아우라는 우울했다. 나 역시 피할 수 없는 일이다.

그래서 노후를 위해 또 한 가지 준비할 것은 지금 이 순간의 일상을 즐기는 습관이다. 미래를 보지 못하고(않고), 눈앞에 닥친 일만 중요하게 여기는 무식함(현명함)이다. 알랭 드 보통은 저서 《일의 기쁨과 슬픔》에서 인간이 가진 근시안을 칭찬했다. "어쩌면 이 모든 것이 결국은 생활의 지혜일지 모른다. 현자들이 가르친 대로 죽음에 대비하라는 것은 죽음을 지나치게 존중하는 것이다." "우리의 일은 적어도 우리가 거기에 정신을 팔게는 해 줄 것이다." "우리를 더 큰 괴로움에서 벗어나 있게 해 줄 것이다."

만약 독자 중 딩크가 있다면, 아무리 대비해도 우리 노년이 완전히 행복할 수 없다는 사실을 포용하기를. 우리가 마지막 순간 행복하려고 평생을 사는 건 아니잖아요.

웰다잉을 위한

마음가짐

우리 부부처럼 죽는 이야기를 천연덕스럽게 하는 사람은 많지 않을 것이다. 남 죽는 이야기가 아닌 우리의 죽음에 대한 이야기다.

"오빠, 우리 여든 살쯤 되면 함께 안락사 허용되는 국가로 가는 거다?"

"그래도 요즘 의학이 워낙 발달해서 여든에도 쌩쌩할 수 있잖아. 여든 살에 상황 보고 결정하자."

"몸 아픈 데 많으면 더 이상 안 살 거야."

"알겠어. 같이 가자."

낳지 그래"라고 말하는 사람도 있겠지만, 처음에 이야기하지 않았던가. 스콘을 먹고 커피를 마시며 이야기한다고. 아이 없는 인생 vs 아이 있는 인생, 양쪽의 장단점을 비교해본 후 낸 결론이다. 아이가 없으면 부부가 서로에게 집중할 수 있고, 인생의 매 순간을 자기 성취와 즐거움에 몰입할 수 있기에 좋은 점도 있다. 무엇보다 이런 임종에 대해 내가 내린 결론도 있다.

미셸 공드리 감독의 〈무드 인디고〉는 두 남녀의 짧은 사랑을 과장된 판타지로 담아낸 영화다. 공드리 감독의 또 다른 영화 〈이터널 션샤인〉의 강화된 판타지 버전이라고 생각해도 좋다(스포일러가 있습니다. 〈무드 인디고〉는 글로는 설명이 어려우니 궁금하신 분은 휴대폰을 켜서 이미지를 검색해 주세요. 그리고 다음을 읽어 주세요).

피아노를 두드리면 선율에 맞는 칵테일이 튀어나오는 '칵테일 피아노'와 파리 하늘에 둥둥 떠다니는 '구름 자동차'가 나온다. 밝은 성격에 세심한 취향, 많은 재산까지 가진 남녀는 말 그대로 환상적인 로맨스를 이어 간다. 판타스틱한(꼭 보시길) 결혼식 후 신혼여행을 떠나는데, 여행지에서 여주인공이 우연히 꽃씨 하나를 삼키고 만다. 꽃씨는 여자의 폐에 꽃을 피우고 병을 일으킨다. 아내의 병을 고치고자 전 재산을 쏟아붓는 남주인공. 하지만 갖은 노력에도 불구하고 아내는 세상을 뜨고, 가난해진 탓에 끔찍한 장례식(영화 속에서 장례식장 주인이 "끔찍한 장례식을 치를 것이오"라고 말한다)을 치른 남주인공은 절망한다. 그리고 엔딩송이 흐른다. "사랑이 온 것만으로도 행운이라고 생각해. 웃을 날도, 울 날도 많고 추억도 많을 거야. 그러다 죽음의 순간이 오면 아무런 후회도 남지 않을 거야."

우리는 흔히 중간 과정이 괴롭더라도 마지막 결말이 좋으면 그 삶이 행복하다고 여기지만, 꼭 그래야만 할까. 〈무드 인디고〉 속 주인공이 살아가는 동안 환상적인 행복을 누렸음에도 마지막이 불행하다는 이유로 슬픈 인생으로 치부할 수 있을까. 나는 인생을 기승전결로 보고 결론만 따지는 방식을 거부한다. 마지막 순간이 혹여 불행하더라도 그 속이 추억으로 꽉 채워져 있다면 죽음의 순간에도 후회가 남지 않을 것이다. 우리 부부가 죽음에 대해 천연덕스럽게 이야기하는 것도 이런 이유가 아닐까.

개인주의적

결혼생활

　"오빠, 빨리 일어나."

　주말 아침, 아내가 재촉하며 깨운다. 시계를 보니 점심에 가깝다. 아내는 이미 운동을 다녀왔는지 운동복을 입고 있다. 아내가 묻는다. "우리 점심 뭐 먹어?" 점심은 뭘 먹어야 할까. 사 둔 반찬이 있지만 차리기가 귀찮다. 가볍게 먹자는 쪽으로 의견이 모아져 쭐레쭐레 집 밖으로 나선다.

　"안녕하세요?"

　"응, 안녕."

　엘리베이터 안에서 과하게 인사성 좋은 꼬마 이웃을

만났다. 나를 보더니 큰 소리로 인사한다. 집 근처 빵집에서 빵과 커피를 사고 있는데 이번엔 사장님도 인사를 건넨다. 재택근무가 잦아 이틀에 한 번씩 들렀더니 사장님마저 나를 알아보기 시작했다. 알고 보니 사장님도 우리 아파트에 산단다. 우리 아파트 인싸(인사이더)였구나.

집에 돌아와서 아내와 함께 소파에 앉는다. 영화 소개 프로그램을 보며 빵을 먹고 커피를 마신다. 아내가 다리를 내 무릎 위에 올려놓는다. 운동에 매진하더니 다리 근육이 단단해졌다. 태릉인 같다. 아내는 굉장한 동안에 아이 같은 외모다. 근육질 다리는 별로 안 어울리는 것 같다고 실없는 소리를 했다가 핀잔을 들었다.

아내는 저녁에 친구들과 약속이 있다고 한다. 난 올해 취미로 로마 역사를 공부하려는 목표를 세웠다. 역사책부터 펼치면 흥미를 잃을까 봐 로마를 배경으로 한 소설부터 읽기로 했다. 낮엔 책이나 읽어야겠다. 외출 준비하던 아내가 입은 옷에 어울리는 신발을 골라 달라고 한다. 아내가 나보다 패션 감각이 좋기에 딱히 골라 줄 필요가 없다고 생각했는데 "없지 않아. 오빠가 골라 줘야 기운이 난다고"라고 한다. 유심히 보며 의견을 준다. 아내가 외출한 후 음악을 틀고 소파에 멍 때리며 앉아 있다.

내 특기는 시간 흘려보내기다. 음악을 듣다가 책도 조금 읽고, 커피도 한 잔 내려 마시며 시간을 보낸다. 마케팅 대행사의 에디터로 일하며 주중에는 매 순간 남의 일정에 맞춰 일한다. 남의 일 해 주는 평일이 끝나고 오롯이 나만의 속도로 보내는 주말 시간은 힐링이다.

주말엔 아내와 함께 식사할 때가 잦지만 이렇게 두 사람 중 한 명이 약속이 있는 경우도 있다. 그러면 혼자 식사를 해야 한다. 나도 아내도 나 홀로 식사를 크게 꺼리지 않는다. 배달 앱을 켜 무엇을 먹으면 좋을지 검색한다. 남으면 야식으로 먹으면 되니 충분히 시킨다. 식사 후 소화를 시킬 겸 스포츠 게임을 즐기다가 집 청소를 한다. 아내가 전화해 뭐 하는지 묻는다. "집에서 가만히 있어." 매번 똑같은 답변이지만 궁금해서 물은 건 아닐 테니까.

아내가 돌아온 밤. 함께 커피를 마시며 막장 드라마를 본다. 가족 간의 암투가 판을 치는 내용이다.

"쟤 저번에 죽지 않았어?"

"부검 안 했으면 안 죽은 거야."

아내가 또다시 내 무릎에 다리를 올린다. 아내 몸무게

는 나의 반이다. 다리도 조그맣다. 작은 다리가 신기해서 구경하니까 뭐 보냐며 힐난한다. "다리가 내 팔만 해" 하며 깔깔 웃는다. 그러다가 생각한다. 둘만이 존재하는 완벽한 순간이다. 이렇게 행복한 날들이 오래오래 이어지기를.

결혼은 집안과 집안의 결합이란 말이 있다. 좋아하는 남녀 혹은 여여, 남남 단둘 사이의 일이 아닌 양측 가족 모두가 이어지는 이벤트라는 뜻이겠다. 가족이 두 배로 늘어난다는 의미도 된다. 하지만 난 이 말을 싫어한다. 가족이란 존재를 싫어한다는 뜻이 아니다. 내 입으로 이런 말 하긴 남우세스럽지만 난 양가 부모님을 잘 챙기는 편이다. 그럼에도 결혼을 가족 간 결합이 아니라고 생각하는 이유는 결혼 생활의 디폴트 값을 부부 두 명으로 보기 때문이다. 고를 수 있는 것과 무조건 해야 하는 것 사이엔 큰 차이가 있다. 가족을 챙기는 건 좋은 일이지만 옵션이다. 결혼한 두 사람의 행복이 무엇보다 중요하며, 고로 결혼은 집안과 집안의 만남이 아닌 두 사람의 만남이 맞다.

더 들어가 보면 심지어 결혼은 두 사람의 결합마저 아니다. 서로가 화학적으로 결합해 바뀌는 모습을 좋아하지 않는다. 세상에 고유한 개인보다 중요한 것은 아무것도 없다고 믿는다. 결합해 바뀌며 두 사람은 서로에게 맞춰질지 모른다. 그리고 그 바뀐 자리에 더 이상 자신은 남아 있지 않을 수도 있다. 상대방의 행동 중 내 마음에 들지 않는 면이 있더라도 관계에 해를 끼치는 일이 아니라면 서로의 다른 점을 인정해야 한다. 반대의 경우도 마찬가지라 상대방 역시 나의 어느 부분이 마음에 들지 않더라도 인정할 것이고. 그런 점에서 결혼은 두 사람의 결합이 아닌 두 사람의 공존이다.

무라카미 하루키는 친구의 딸 결혼식을 위해 다음과 같은 기념사를 썼다.

"가오리 씨, 결혼 축하드립니다. 나도 한 번밖에 결혼한 적이 없어서 자세한 것은 모르지만, 결혼이란 좋을 때는 아주 좋습니다. 별로 좋지 않을 때는 나는 늘 뭔가 딴생각을 떠올리려 합니다. 그렇지만 좋을 때는 아주 좋습니다. 좋을 때가 많기를 기원합니다. 행복하세요."

좋은 날이 많아야 좋은 결혼이다. 별로 좋지 않을 땐 딴생각을 해 봐야 한다.

세상에 고유한 개인보다 중요한 것은
아무것도 없다고 믿는다. 결합해 바뀌며
두 사람은 서로에게 맞춰질지 모른다.
그리고 그 바뀐 자리에 더 이상 자신은
남아 있지 않을 수도 있다. 그런 점에서
결혼은 두 사람의 결합이 아닌
두 사람의 공존이다.